九尾狐家奥ノ記
～御妃教育～

Ami Suzuki
鈴木あみ

CHARADE BUNKO

Illustration

コウキ。

CONTENTS

本作品の内容はすべてフィクションです。
実在の人物、団体、事件などにはいっさい関係ありません。

神仔宮妃《みこのみやひ》としての御心得《おこころえ》を授ける女院の声が、花の間《ま》に静かに響く。

もともとは侍従であった八緒《はちお》が、紆余曲折《うよきょくせつ》の末、主《しゅ》じんであり九尾狐《くびこ》王家の世継ぎである大好きな焔来《ほむら》の許《もと》に嫁いでから一年半。彼の仔狐《こぎつね》を産んでから、一年近くが過ぎていた。

仔育ての手が少しだけ離れると、八緒は焔来の義母である女院に、御妃《おきさき》としての教育を受けるよう命じられた。

毎朝焔来を送り出したあと、同じ九尾狐家の広大な敷地の中にある稲荷御所《いなりごしょ》に、まだ毛《け》もの姿の仔狐を連れて通っている。花の間は、そのために特別に建て増しされた殿舎だった。

妃としての心得、親族とのつきあいかた、宮中のしきたりなどは女院が、祭祀《さいし》や歴史、王室史、和歌、絵画、音楽、外国語会話を含む多彩な基礎教養などの講義は、特にそのための講師が呼ばれた。

上座に女院、八緒は下座に少し離れて正座する。仔狐は今は女院の傍《そば》に置かれた揺りかごに寝かされているが、女院の講義でないときは、彼女が別室に連れていってしまう。

——もともと集中力がないのに、仔狐がいたらなおさらでしょう

と言われると、八緒はぐうの音も出なかった。

「では、おさらいです。神仔宮妃としての心得を述べなさい」

「はい。……ええと、……」

「ええと、はよけいです」

「は、はい。すみ……申し訳ございません。……決して出しゃばらず、何ごとも控えめに、静かに振る舞うこと」

「ひと前に出たときだけでなく、常日頃から気をつけることが大切ですよ。自然と滲《にじ》み出てしまうものですからね」

「はい」

「それから」

「……不平不満、苦しみや思うところがあっても、何ごとも己ひとりの胸に秘め、気高く振る舞うこと」

「それから」

「……」

ええと、とまた口に出てしまいそうになり、八緒は慌てて唇を閉じた。

女院が目で答えを促してくるが、思い浮かばない。

(……なんだっけ)

正直なところ、八緒はあまり覚えのよくない生徒だった。教わったことはきちんと書き留めて、帰ってから復習しているけれども、なかなか完璧《かんぺき》とはいかない。しかもこうして問われると、緊張もあってなおさら思い出せなくなってしまう。

「八緒！」

女院の厳しい声が飛んできた。

「しっぽをむやみに動かしてはなりません！」

はっと気づけば考えに没頭するあまり、二本の細いしっぽをゆらゆらとはしたなく揺らしてしまっていたのだった。

じっと姿勢を保っていることも、身につけるべき立ち居振る舞いの一つだ。だがもともと落ち着きのない八緒には、身体《からだ》のほうは苦手なりになんとか我慢できても、無意識に動いてしまうしっぽの制御はひどく難しかった。

しっぽを感情のままに動かしてしまうことは、高貴な身分の者が公の場でするには、あまりよくないとされていた。

「す、すみません……！　じゃなくて申し訳ありません……っ」

「コココココーン！」

思わず大きな声を出せば、仔狐が泣き出してしまう。

八緒は慌てて仔狐に近づき、抱き上げようとしたが、女院に制された。

「泣いたからと言ってすぐに抱き上げていては、若君が甘えた仔になってしまいます。九尾狐王家の跡取りとして、自立心を持って育ってもらわなければ」

「……」

女院の言うことには一理ある。あるが……。

八緒は揺りかごが気になってたまらず、またしっぽを揺らしてしまった。

1

「お帰りなさいませ」

焔来が神仔宮へ戻ると、いつものように八緒が仔狐を抱いた乳母《うば》や侍女たちとともに、手を突いて出迎えてくれた。

以前の八緒は転がるように飛び出してきて、どうかすると抱きついてきたりさえしたものだったが、神仔宮妃としてだいぶ落ち着いてきた今は、もうそんなことはしない。

焔来には、それがちょっと不満だ。

(前のように、素直に抱きついてくればいいものを)

そういうときの八緒の笑顔は可愛《かわい》くて、抱き締めるとあたたかくて、とてもいい匂《にお》いがしたのだ。

とはいえ、抱きついてこなければ、こちらから抱けばいいだけのこと。

焔来は、立ち上がった八緒を抱き寄せて頰《ほお》に口づけた。

「ただいま」

「ちょ、ほ、焔来……っ」

八緒の顔が一瞬で真っ赤になる。

「こんなところで……！」

「別にかまわないだろう。夫婦なんだから」

自分の家で、夫婦がいちゃいちゃする。誰に憚《はばか》ることもない当たり前の行為だ。こういうことができるようになったことが、ある意味、ふたりの仲が公に認められた意義だとさえ焔来は思っていた。

「も、もういいから部屋行こっ」

八緒に背中を押され、焔来の居室へと向かう。

慌てた姿につい口許を緩めながら、焔来は八緒がどことなく元気がないことにも気づいていた。何かあったのかと聞きたいところだが、侍女たちの前では憚られる。理由がだいたいわかっているからだ。

部屋に着き、夫婦と仔狐だけになってから、焔来は切り出した。

「今日も義母上《ははうえ》にいじめられたのか？」

「……いじめられてないってば」

八緒は首を振った。けれどもその黒い猫のミミも細長い二本のしっぽも、力なく垂れてしまう。原因がそこにあることは明らかだ。

翰林院《かんりんいん》を卒院後、焔来もまた神仔宮として稲荷御所へ出仕するようになっていたが、何しろ巨大な御殿のこと、なかなか互いのようすも伝わらないのがもどかしい。

「ただ、俺の覚えが悪くて……」

焔来の執務着である軍服を脱がせ、部屋用の袴《はかま》に着替えさせるのは今でも八緒の役目だ。御一新以降、外向きには洋装が常だが、神仔宮の中では昔からの和風の暮らしに戻る。そのほうが焔来としても落ち着くことができた。

八緒はそのあいだもずっと喋《しゃべ》っていた。

離れていた一日のことを焔来に話したくてしかたがないという姿は愛らしく、その声はミミに快い。

「それに、おとなしくじっとしてられないんだよね……」

今この瞬間もそうだが、たしかに八緒には若干落ち着きの足りないところがあった。いつも何かしらくるくると動いている。だがその多くは、焔来の身の回りの世話を焼くためだったりもするのだ。

「……そうか」

そういう八緒が、焔来には好ましい。できれば変わって欲しくない。

神仔宮妃となったからには、仔育ての手が離れるにつれて少しずつ公の場に出る機会も増えるだろうし、今はまだこの宮でそこそこ気ままに過ごせているけれども、いずれは稲荷御所へ入り、しきたりに従った暮らしをしなければならない。遥《はる》かに多数の女官たちの上にも立たなければならない。

内のことも外のこともきちんとできるようにならなければという女院の意見は正しい。正しいが――、実際に焔来が祖父である今上陛下の跡を継ぐのはずっと先の話だ。おいおい覚えていけばいいのではないかと思わないでもなかった。

(……だが、せっかく八緒が頑張っていることではあるし……)

やはり夫としては応援してやるべきなのだろうか。

「身体は動かずにいられても、しっぽがだめなんだよね」

と言いながら、八緒は焔来のしっぽにブラシをかける。もともと焔来の侍従であった八緒は、結婚してからも焔来の身の回りの世話を焼いているが、とりわけこのしっぽの手入れをするのが好きだという。九尾狐王家の直系である焔来のしっぽは九本もあって、面倒を見るのも大変だろうと思うのだが、八緒はむしろ嬉《うれ》しそうだ。

「ものを考えてたりするとき、勝手にゆらゆらしちゃうんだ。もともとあんまりしっぽに落ち着きはなかったけど、二本になってからますます制御できなくなっちゃって……」

いろいろあったが、八緒の生まれつきには猫しっぽ一本だけしか生えてはいなかったのだ。だが、焔来の仔狐を産んで以来、彼の霊力の影響を受けたのか、二本に増えた。

そのしっぽが無意味に揺れるのは、焔来もよく目にしていた。

たとえば、ふたりで碁を打っているとき。次の手を真剣に考えている八緒のしっぽが揺れるのが、可愛くて好きだ。二本になってからは、二倍可愛いと思う。もしも九本になれば、九倍可愛くなるのだろうか。

想像すれば、つい口許が緩むほどだった。

しっぽの数は霊位に比例し、寿命もまたそれに倣う。八緒もまた、仔狐を産めば産むほどしっぽが増え、寿命が延びるのかもしれない。

八緒にいずれたくさん仔を産ませ、自分と同じくらいまで寿命を延ばしたい。

それは焔来の悲願だ。

「焔来はしっぽ九本もあるのに落ち着いてるよね。……全部自由に動かせるの？」

「まあな」

「どうやったらできんの？」

「どう……と言われてもな……」

八緒の憂い顔を見れば、教えられるものなら教えてやりたいのは山々だが、何しろ生まれたときから九尾なのだ。どうやって制御しているかと聞かれても、正直わからなかった。

焔来のしっぽにブラシをかけながら、八緒は言った。

「これ一本だけ動かすとか、できる？」

と問われ、焔来は答えるかわりに一房だけを持ち上げた。その先で八緒の頬を撫《な》でると、八緒はくすぐったそうに笑った。可愛い。

「焔来、凄《すご》ーい！　ふふ、凄い」

今日帰ってから、初めて見る八緒の笑顔だ。なんとなくほっとしたような和んだ気分になり、さらに喉《のど》やミミをくすぐる。

「はは、くすぐったいってば」

八緒はきゃらきゃらと声を立てる。

「少しは元気が出たか」

「焔来……」

軽く目を見開き、やがて困ったように眉《まゆ》を寄せる。

「……ごめん。心配かけて」

「いや。義母上は厳しいからな。あまり無理をするな」

せっかく八緒は結婚してから少しだけ太って、頬にもまるみを帯びてきていたのだ。また痩《や》せさせたくないし、体調を第一に考えて欲しかった。

「焔来にも厳しかった？」

「ああ」

八緒が来た頃から、焔来の教育には専門の師がつくようになったが、それ以前のしつけはほとんど女院の手で成されていたのだ。感謝はしているものの、正直怖かった、と言わざるをえない。

「……ということは、いずれ……」

八緒の視線が下へ落ちる。それを追えば、揺りかごの中でまるくなって眠っている仔狐に注がれている。

「……ひと型《がた》に育つ頃には、少しは義母上もまるくなっていてくれればいいのだがな……」

と、願うしかない。

「あ、でもそういえば」

ふいに八緒が弾んだ声を出した。

「頑張って練習してたら、こんなのできるようになった！」

そう言うと、焔来の前に回り、背中を向けた。そしてそのまま両手を突いて腰だけ掲げた悩ましいポーズをとったかと思うと、そのしっぽが動き出す。

「んん……っ」

八緒が息を詰めた。

すると黒くて細いしっぽが片方ずつ撓《しな》り、ゆっくりと弧を描いて、先端が真ん中で合わさる。

かたちが完成すると、八緒は上気した顔を振り向け、微笑《わら》った。

「このしるし、前に翰林院で流行《はや》ったよね！」

それは二本のしっぽでつくった「はーと」のかたちだった。女仔生徒《じよし》からもらう手紙によく描いてあったのを、焔来も覚えていた。

「俺の気持ち！」

「……八緒」

可愛らしさが胸に刺さった。

八緒にとってはなかなか大変な行為だったのだろう、頑張って赤く染まった頬も、一生懸命伝えようとしてくれた「愛してる」のしるしも、たまらなく焔来の胸を揺さぶった。

焔来は、八緒を後ろから抱き締めた。

「焔来……？」

「そんなふうに誘われたら、手を出さずにいられるわけがないだろう」

「さ、誘ったわけじゃ……」

「こんなふうに尻を向けておいてか」

「だ、だって……こんな時間から……」

まだ帰ってきたばかりで身繕いも途中だし、夕食までいくらもない。八緒の言うこともわからないではないのだが。

八緒を這《は》わせたまま、着物の裾《すそ》を捲《めく》り上げる。

「焔来……っ、仔狐が見てるってば……！」

「大丈夫だ。眠っている」

動揺して崩れかけるしっぽのしるしに、焔来は言った。

「練習だ。そのまま保っていろ」

「そんな、無理……」

「気持ちなんだろう?」

くく、と喉で笑う。潤滑油の入った小壜《こびん》を取り出し、口で蓋《ふた》を開けると、その音に八緒が振り向いた。

「な、それどこから……!」

衣替えの間は、当然ながらそういう行為に使う場所ではないため、常備されているわけはない。

「……たしなみだ」

「焔来、まさか持ち歩いてんの……!?」

八緒の呆《あき》れ声に、少々ばつが悪くなる。そもそも朝、焔来の支度を整えているのは八緒で、にもかかわらずこんなものを持っているということは、そのあと自分でわざわざ用意しているということなのだ。

以前は八緒を抱くのは夜、焔来の寝室でと決まっていた。

正式に娶《めと》ってからは八緒の局に通う形式に改めたが、しかしながらこの頃はつい、いろいろな場所で手を出してしまうのだった。しっぽの制御は利いても、感情を制御するのはなかなか難しい。潤滑油を用意しているのは、せめて八緒の身体になるべく負担をかけないための備えだった。

（少し前までは、こんなふうではなかったのだが）

別々に過ごす時間が増えているせいかもしれない。

八緒は焔来の妃になる前は従者だったから、朝起きてから夜寝るまで、寝たあとでさえも、ずっと一緒だったのだ。

なのに、八緒が身籠《みごも》ったあたりからは、八緒は家で仔育て、焔来は翰林院に通ったり稲御所に出仕したりで、傍にいない時間が増えた。

（まあ、それ以外はほとんど一緒なのだから、一般的な夫婦と変わらないんだろうが……）

それでも、八緒が常に傍にいるわけではない違和感に、焔来はまだ慣れることができずにいる。懐妊騒ぎの折に、数カ月会えなかった事件がまだ心に尾を引いているのかもしれなかった。

傍にいない時間が増えてから、八緒の顔を見ると抑えが利かない。つい、手が伸びてしまう。

着物の裾を捲り上げてあらわにした八緒の後孔《こうこう》に、潤滑油を垂らし、指にも掬《すく》って挿入する。

「ん……っ」

八緒は小さく息を詰めた。

昨夜《ゆうべ》もしただけのことはあって、そこはやわらかかった。あまり慣らさなくても挿入できそうだと思いながら、焔来は中を探った。

「んん……っ」

八緒のしっぽはまだかたちを保ちながら、ぶるぶると震えていた。懸命に言いつけを守ろうとしている姿が愛らしい。

指を二本に増やし、ゆっくりとひろげていく。八緒の呼吸が乱れて、少しずつ浅くなる。

「……っ……はぁ……っ」

体内の浅いところにある膨らみを撫でてやればきゅうっと筒が狭くなり、綺麗《きれい》に背中が撓った。

「あ、あっ……！」

しっぽが一瞬解《ほど》けて、どうにかまた修復した。

「ほ……焔来……っ、そこ、したら……っ」

「うん？」

言いたいことはわかっていながら受け流し、また指を増やして、遊ぶように掻《か》きまわす。深く挿《い》れると、まだ足りないとばかりに奥がきゅっと締まる。

「ん、あぁ……っ」

喘《あえ》ぐ八緒の反応を見ているだけでも、焔来は楽しかった。

「……っ、もう……っ、そんな、しなくて大丈夫だから……っ」

八緒は視線だけ後ろへよこす。

「い……挿れて……」

上気した表情でそう告げ、すぐにまた恥ずかしそうに顔を伏せる。そんな姿は可愛らしくも、どこか艶《なま》めかしい。

指を引き抜いたかわりに先端を挿入すれば、吸いつくように咥《くわ》えてきた。身も心も焔来を受け入れている証拠だ。

その感触を愉《たの》しみながら、焔来は内襞《うちひだ》をこすってひろげていった。昨夜も焔来の砲身を収めたそこはかたちを覚えていて、ぴったりと吸いついてきた。

「あっ、あっ」

少しずつ奥へ進めば、戸惑ったような声が押し出される。

「どうした」

「なんか、……なんか、違う」

「何が」

「後ろから、だから……あたる、ところが」

違うところにあたってる、と八緒は言った。

「ここか？」

「あぁ……っ！」

わざと押しあてれば声をあげる。そういえば、八緒とこうなってから長いけれども、後ろからするのはとてもめずらしいことだった。

「嫌か」

と問えば、額を床につけたまま、首を振る。

「気持ち、いい……っ」

「そうか」

「んん……っ」

八緒はやわやわとそれを締めつけながら、小さく声をあげた。焔来はたしかめるように前を探る。

「……っ……そこ、だめぇ……っ」

八緒は首を振ったが、反応しているだろうかとふれてみたそれは、すでに芯《しん》を持っていた。ならば遠慮することはない。焔来は八緒の腰を摑《つか》み、抽挿《ちゆうそう》をはじめた。

「うあ……っ、あぁ……っ」

深く貫いては半分以上抜き、また奥を犯す。出し入れするたび孔《あな》が捲れて、ぬめぬめとした内部が赤く覗《のぞ》くのが、ひどくいやらしい。

「あぁっ……あぁぁ……っ、はぁ、あぁ……っ」

八緒はあられもなく声をあげた。

しっぽがびくりと解け、戻りかけて、また解ける。

「や……だめ……っ」

「何が」

「そんな、したら、しっぽが……」

かたちを保てなくなると肩越しに訴えてくる八緒の瞳《ひとみ》は潤んでいる。焔来は口許が緩むのを感じた。

「もう、いい。おまえの気持ちは受け取った」

ゆるすと、しっぽの「しるし」がふにゃりと崩れた。

「あ、あ……!!」

狭い内壁を開いて突き立てれば、もう離したくないというように絡みついてくる。焔来は快感に酔いながら、引きずり込もうとする襞に逆らって引き、また貫く。

「あぁ……あぁ……だめ……っ、……そこ、……っ」

「好きだろう?」

という問いに、否定は返ってこない。ただ締めつけが早く、きつくなるばかりだ。

「そんな、おく」

浮かされたように呟《つぶや》き、首を振る。感覚を散らそうとして、上手くいかないらしい。焔来は促すように前を握り、こすってやった。

「あ、だめ、それ……されたら、い、イく、……いっちゃう……っ、あああ！」

高く声を放ち、八緒は断続的に肉筒で焔来を搾り上げて、昇りつめた。

「……っ……」

焔来もまた、それに誘発され、最奥に吐精する。

「あ……あ……っ」

八緒は断続的に吐き出されるその感触に酔ったかのように、小さく喘ぎ続けた。

「ほ……焔来、だめ……っ」

「何が」

八緒はまた首を振った。

「だめ、だめ、じっと、してて」

「してる。おまえが……」

焔来は息を詰めた。

正確には八緒の後孔の一番奥の部分が、勝手に焔来の雄の先端を捉《とら》え、痙攣《けいれん》するかのように断続的に食《は》んでくるだけだ。

だがそれに煽《あお》られ、焔来もまたすぐに硬度を取り戻してしまう。

これ以上したら、さすがに八緒の身体に負担をかける——そう思って、深く埋《うず》めたままのそれを抜こうとしたけれども。

「や……だめ……っ」

八緒が留《とど》めようとしてくる。淫《みだ》らに締めつけてくるばかりではなく、不完全ながら、しっぽで「かたち」を結ぼうとする。

そんな姿を見てしまったら、抑えることなどできるはずがなかった。


二度目にたっぷりと注ぎ込んでから自身を抜き取ると、八緒はぐったりと畳の上に沈み込んだ。

力を失ったさまはどこか可憐《かれん》でもあるが、哀れなほどか弱くも見えた。

しまった、やりすぎたと急に心配になり、焔来は覗き込む。

「八緒」

髪をミミごと軽く撫でると、八緒は振り向いた。

「焔来……」

怒っているかと思えば、そうでもないらしい。八緒は焔来がどんなに無茶を強いても、底なしに受け止めてしまうようなところがあった。

溶けたような瞳で微笑を浮かべる。誘われて接吻《せっぷん》すれば、八緒は身体を反転させ、首に腕を回してきた。

何度も唇を合わせ、互いの舌を吸い合う。

「……後ろからも悦《よ》かったけど……やっぱりこっちがいい」

唇が離れると、八緒は言った。

「そうだな」

焔来を受け入れているあいだの八緒の顔、表情とそこに表れる気持ちを、ずっと見ていたい。

そもそもだからこそ、これまで後ろからはあまりしたことがなかったのだが。

「夜は前からしてやる」

もう一度キスしてそう言うと、

「ばか」

と、八緒は苦笑した。

＊

「ん……」

明け方、肌寒さに震えて、八緒は眠りから覚めた。

ぬくもりに寄り添おうと、無意識に焔来のしっぽを探す。けれども抱き締めて眠ったはずのそれは、そこにはなかった。

「焔来……?」

ふいに不安に襲われて、はっきりと覚醒《かくせい》する。離れて暮らしていた頃のことが脳裏を過《よ》ぎった。

八緒は布団に身を起こし、周囲を見回して、焔来を探す。

「焔……あ」

ほどなく縁側に続く障子にひと影を見つけて、ほっと息をついた。その豊かな九本のしっぽを持つ影は、たしかに焔来のかたちをしていたからだ。

ほらっ、よし、などと小さな声が聞こえる。

八緒がそっと障子を開けると、焔来が縁側で猫じゃらしを振り、仔狐を遊ばせていた。美しい毛並みが、月明かりに白く輝く。その姿は八緒には後光が射《さ》しているようにも見えた。

ありがたいことに、焔来の嫡仔《ちやくし》の誕生には稲荷御所は勿論《もちろん》、ほぼすべての貴族の家から祝いをもらったが、猫じゃらしは決まって献上されるものの一つだった。猫じゃらしという名がついているものの、猫でなくてもたいていの赤仔はその玩具《がんぐ》が大好きだからだ。めずらしい鳥の羽をあしらったもの、高価な宝石や細工の入った美しいもの——おかげで今神仔宮には、無数の猫じゃらしがある。

焔来が振っているのは、柄の先に、動物の毛を集めて大きなしっぽ状にした房がついたものだ。八緒の義兄《あに》である緑郎《りよくろう》からの祝いの品で、仔狐の一番のお気に入りだった。

——仔どもの頃、おまえもこういうふさふさしたのが一等好きだったからな
と、緑郎は言っていた。

——俺が毎日振ってやってたんだぜ？

仔狐とはあまり見た目は似ていないが、こういうところはやはり親仔だということなのだろうか。

ちなみに、八緒は今でもふさふさしたもの——特に焔来のしっぽがたまらなく大好きだ。

(三つ仔の魂百までって言うよな)

と、八緒は思う。

やっと、たまに後ろ足で立つようになった仔狐の鼻先で猫じゃらしを振れば、まだ頼りない足腰で必死で追いかけ、一瞬だけ立ち上がって、小さな肉球をいっぱいにひろげて先端を摑もうとする。けれどもすぐにぺちゃんとつぶれてしまうのが、とても可愛い。二本の足で歩けるようになると、ひと型になる日も近いのだけれども。

ふふ、と八緒は密《ひそ》かに微笑《ほほえ》む。

「あっ」

夢中で猫じゃらしを追った仔狐が、縁側から転がり落ちそうになって、八緒は思わず声をあげた。

だが落ちる寸前、空中で止まる。

焔来が術で止めたのだった。九尾を持つ焔来のような霊位の高い者には、こういう妖術が使えるのだ。

九尾でなくとも使える者はいるが、とてもめずらしいことで、八緒も亡くなった実母を除けば、鞍掛《くらかけ》の養父くらいしか知らない。

それでも焔来はふだんはあまり術を使わず、ふつうのひとと同じように生きようとしている。むやみやたらに使うものではないと思っているのだと思う。そういう生きかたも八緒は好きだった。

焔来の手が、仔狐を受け止める。だいぶ大きくなったけれど、まだ焔来が片手で持てるくらい小さい。

八緒はほっと息をついた。

「焰来」

近づいて、声をかけた。仔狐は焰来の膝《ひざ》に抱かれている。

「煌紀《こうき》、鳴いてた？」

煌紀、というのは、仔狐の名前だ。

九尾狐王家では、仔どもには必ず「火」の部首のつく名をつけることに決まっている。それと合わせて八緒の名前から「糸」の部首を選び、焰来がつけてくれた名前だった。八緒は少しもったいないような気がしながらも、ふたりの愛情の結晶なのだと改めて実感できて、とてもあたたかい気持ちになる。

「ちょっとな」

焰来は先に気づいて、八緒を起こさないようにあやしてくれていたのだろう。

「腹が減ってるのかもしれない」

「じゃあ、ちょっと早いけど食べるものつくってくる。……見ててもらってもいい？」

「ああ」

少しずつ固形物が食べられるようになってきた仔狐の食事は、なるべく八緒がつくるようにしていた。一日に何度も食べさせるため、八緒の部屋でもつくれるように、材料も備えてある。

八緒がすりおろした林檎《りんご》に麩《ふ》を混ぜた離乳食を持って戻ってくると、煌紀は焔来の膝のうえで腹を見せ、上機嫌できゃっきゃと声をあげていた。

焔来は猫じゃらしを置き、かわりに手を伸ばしてくる。

八緒が器を渡すと、焔来が食べさせてくれた。小さなスプーンで少しずつ口許へ運べば運ぶだけ、煌紀は薄い舌でぴちゃぴちゃとよく舐《な》めた。

「おっと」

零《こぼ》したものを無造作に袖口《そでぐち》で拭《ふ》こうとする焔来を止めて、よだれかけで八緒が拭いた。

「もう腹いっぱいか？」

「みたいだね」

眠そうな煌紀をそろそろ引き受けようとすると、焔来が言った。

「げっぷさせるんだろう」

「うん。……やってみる？」

「……こうか？」

「こう……こんな感じで抱っこして、とんとんって」

手で手本を示すと、焔来はそのとおりに真似《まね》をする。肩に仔狐の顔を乗せ、縦に抱いて背中を軽く叩《たた》く。

「凄い、焔来、上手！」

煌紀が上手い具合にげっぷをしたので、八緒は思わず歓声をあげてしまった。これは意外とコツがいるので、八緒は最初のうち、なかなかできなかったのだ。たまたま上手くいっただけなのかもしれないが。

「そうか？」

となんでもないように言いながら、どことなく焔来も得意げだ。

満腹した煌紀は焔来の胸で、うとうとしはじめたようだった。その頭はくたりと彼の肩に乗り、瞼《まぶた》が下りていく。

（……可愛い）

焔来の後ろから覗き込んで、八緒は小さく笑った。頭を撫でてもおとなしく、ミミがとてもあたたかくなっている。

「ありがと、焔来」

「……別に俺の仔でもあるんだからな」

それはそうだが、神仔宮が仔育てを手伝うなんて、聞いたこともない。本当に、自分はいい主じんを持ってしあわせだと思う。

八緒は焔来のしっぽに頭をこすりつけ、そのもふもふした感触にうっとりと目を閉じる。

「……そういえばさ、焔来はどんな猫じゃらしが好きだった？」

「猫じゃらしか……覚えてないな」

「そうなんだ？　そういえば俺も自分で覚えてたわけじゃないけどさ。女院様から聞いてない？」

「さあ……義母上が嫁いできた頃には、もう猫じゃらしにじゃれつくような歳《とし》じゃなかったんじゃないか」

「そんなことないだろ」

ひと型になったって、猫じゃらしへの興味はしばらくは続く。どうかすると、おとなになってさえつい惹《ひ》かれてしまうくらいなのだ。女院が後妻に入った頃は、焔来はまだ毛《け》ものだったはずだ。

とはいうものの、四つからは八緒も焔来と一緒に暮らすようになっていたが、当時から焔来が猫じゃらしに関心を示すところを見た覚えはなかった。

（焔来はおとなになるの、早かったんだな……）

というか、むしろ神仔宮として、そういうふうに厳しくしつけられていたのだろうか。女院の厳しさを思えばあり得る話だった。

仔ども時代の焔来に思いを馳《は》せれば、なんだか可哀想《かわいそう》になる。

（……今度、女院様に聞いてみよう）

「……焔来」

「うん？」

「俺、もっと頑張る」

神仔宮妃として恥ずかしくないように。

仔どもの頃の焔来に負けないように。

「無理するな。身体を壊したら元も仔もない」

と、焔来は言った。焔来は昔から、八緒の体調のことはとても気遣ってくれる。八緒はつい笑みを浮かべてしまう。

「なんだ？」

「ううん」

八緒は焔来のしっぽを抱き締めて、背中に凭《もた》れた。

春になって、焔来のしっぽは夏毛に生え変わりつつある。朝晩ブラシをかけると、九本のしっぽから金色の毛が大量に抜けるのだ。

抜けた毛は、八緒の密かな宝物だ。八緒は換毛期が大好きだ。

こんなにも抜けたら被毛が薄くなりそうなものだが、焔来のしっぽはさらに艶々《つやつや》と豊かになるばかりだった。

「しあわせだなあと思って」

焔来が小さく笑う。

「ああ、俺も」

思いがけず返ってきた言葉に、八緒はますますしあわせな気持ちになった。

やがてすっかり陽《ひ》が昇り、侍従が起こしに来るまで、八緒はずっと焔来の背に寄り添っていた。

2

ある日。

いつものように稲荷御所の花の間を訪れた八緒に、女院は言った。

「あなたに紹介しておきたいひとがいます」

「……はい」

初めてのことに戸惑いながら答える。女院は襖《ふすま》の外に声をかけた。

「お入りなさい」

「……失礼いたします」

入ってきたのは、女性だった。

八緒より少し歳上だろうか。どこか妖艶《ようえん》な感じのする整った白い貌《かお》に長い黒髪、黄金色に輝く豊かな狐のミミとしっぽ。派手ではないが、かなり上質なことがひとめでわかる着物からも、高貴な身分の姫君であることが見て取れた。

「蓬川《ほうかわ》家の長女、阿紫《あし》殿です」

（蓬川……）

九尾狐王家に仕える貴族の中でも指折りの家柄――現大臣家だ。その姫が花の間を訪れる理由とはなんなのだろう。講師として招かれたにしては若すぎるし、またそういう雰囲気でもない。

なんとなく、悪い予感がした。

「お初にお目にかかります。蓬川阿紫と申します。御同席をおゆるしいただき、光栄に存じます」

と、彼女は頭を下げる。胸苦しくなるような甘い香が漂った。

「……初めまして、八緒です」

機械的に答えながら、つい女院を見てしまう。彼女がいる意味を聞きたかった。

女院は言った。

「これからは、阿紫殿も一緒に学ぶことになります」

「一緒に……⁉」

驚く八緒と対照的に、阿紫は大輪の花のように微笑った。

「何卒《なにとぞ》よろしくお願いいたします。妃殿下がこんなに可愛らしいおかただったなんて、存じませんでした。どうか仲良くしてやってくださいませ」

可愛い――というのは褒め言葉なのだろうが、八緒より遥かに成熟して見える阿紫に言われると、自分の仔どもっぽさが恥ずかしくなる。

「学友のようなものとでも思っておいてくれればよろしい。阿紫殿は見たとおりの美しさもさることながら、非常に聡明でもある。あなたも張り合いが出るでしょう」

と、女院は言った。もっと努力しなさい、と暗に出来の悪さを指摘されたような気がした。

そしてそれ以上に、神仔宮妃のための講義に他の女性が同席するということの重さが、八緒の胸を抉《えぐ》った。

「……女院様……あの」

「なんです」

「……いえ……」

どういう意味があるのかと、聞こうとして、聞けなかった。

それは女院の厳しい視線が怖かったからでもあり、脳裏を「御心得」が過ぎったからでもあったかもしれない。

何ごとも胸に秘めること。控えめにすること――

悪い予感は強くなるばかりだった。

その日から、阿紫も御妃教育に同席することになった。

聡明だと言った女院の言葉どおり、阿紫は美しい容姿ばかりではなく、すべてにおいて八緒より優秀と言っても過言ではなかった。

立ち居振る舞いはもともと気品があって、さすがに大臣家の娘だと思わせる。貴族である鞍掛家に拾われたとはいえ、棄《す》て仔《ご》として育った八緒には、それだけでも眩《まぶ》しかった。

また、阿紫は知らないはずの宮中儀礼なども一度講義を受ければすぐに覚えた。

翰林院へは未《いま》だ女仔は入学させない家のほうが多く、彼女も自宅で師について習っていただけだというが、それでもつい先日まで通学していた八緒より、基礎教養もできていた。

女院の視線は、八緒にきつく注がれた。

——またしっぽが動いている！

——まだ覚えていないのですか？

——あなたは神仔宮妃なのですよ。試験をするのも恥ずかしい……！

教養科目の習熟度をはかる試験で、八緒は阿紫の点数に及ばなかった。そのことで、姑《しゅうとめ》である女院にまで恥ずかしい思いをさせてしまったのだ。

八緒は自分のふがいなさにがっくりと落ち込んで、稲荷御所をあとにした。

仔狐を抱いて、乳母とともにとぼとぼと神仔宮へと戻る。

風が冷たい。

広いとはいえ同じ敷地の中、神仔宮まではたいした距離ではないにもかかわらず、ひどく遠く感じた。

「――妃殿下」

そのとき、ふいに聞き覚えのある男の声に呼び止められた。

怪訝《けげん》に思いながら振り向けば、御妃教育の講師のひとり、中臣《なかおみ》が立っていた。

「……先生」

祭祀、儀礼を主に受け持ってくれている、白銀のしっぽを持つ狐族だ。中臣――神とひととのあいだに位置するという名の示すとおり、昔からの神官の家系の嫡仔であり、当然九尾狐王家とも血縁のある高い身分の貴族でもあるという。教えを受けられることを感謝せよと女院からは言われた。ことに祭祀について、教授できる者がそれほど限られるということなのだろう。

美しい顔に穏やかな微笑を浮かべ、八緒にもいつもやさしく接してくれる男だが、これまでは花の間以外で話したことはない。

彼が何故声をかけてきたのかと、八緒は首を傾《かし》げた。

「女院様から言伝《ことづて》があって追ってまいりました。できればひとばらいをお願いしたいのですが……」

ちら、と乳母のほうを見る。

「少し長くなるかもしれません」

女院からの言伝……なんだろう。

やや震え上がるような気持ちになりながら、八緒は乳母に煌紀を託した。神仔宮まであとわずかだ。先に帰っているように申しつける。

その背中を見送って、八緒は中臣を向き直った。

「言伝とは、なんでしょう?」

「実は嘘《うそ》なんです」

笑ってさらりと告げられた言葉に、八緒は絶句した。

「嘘って……!」

「言伝などありません」

女院の名を騙《かた》るなど、重罪ではないか。

「申し訳ありません。ただ、あなたも知っておいたほうがよいのではないかと思うことがあって……ふたりだけでお話ししたかったのです」

「……なんでしょう」

不安が胸を過ぎった。

歩きませんか、と提案され、彼と並んで池のほとりを歩きだす。

「綺麗な庭ですね」

「……ええ」

八緒は彼の言葉を待った。

「……阿紫様のこと……というより、阿紫様が何故、御妃教育に同席されることになったのかという話です」

胸の奥が、ぎゅっと収縮したような気がした。阿紫と引き合わされて以来の疑惑は、まだ八緒の中に燻《くすぶ》り、それどころか大きくなっていた。

「……女院様は、阿紫様を、焔来様のご側室にとお考えのようです」

「……っ……」

八緒は小さく息を呑《の》んだ。

（側室）

それは八緒自身、考えなかったわけでない。まさかと思いながらも、他に理由を思いつけなかったからだ。

他《た》にんの口から突きつけられて、逃げ場を失ったような気持ちだった。

「……女院様もひどいことをなさる。まだ新婚なのに、側室などと」

「……」

「神仔宮に側室がいるのは当たり前かもしれませんが、九尾の仔狐様にも恵まれて、急ぐことはないでしょうに」

八緒は何か答えようとしたが、言葉が出てこなかった。神仔宮妃として、平気な顔を装うことさえできなかった。

（……女院様は、そんなに俺のことが気に入らないんだろうか……）

八緒は覚えが悪い上に、所作にもあまり落ち着きがなく、美貌《びぼう》でもない。あらゆる面で阿紫に劣っているのだ。女院に気に入られなくてもしかたがないとは思う。けれども焔来を育てた女性に嫌われるということは、八緒にはひどく重いことだった。

中臣は続けた。

「……実は……お話ししたいことは、これだけではないのです。……ただの憶測を口にしてもいいものかどうか、迷ったのですが……」

「……なんでしょう……」

なかば機械的に、八緒は問い返す。

「阿紫様のお父上は、側室というより正妃を狙《ねら》っているのかもしれません」

「正、妃……？」

意味がわからなかった。焔来の正妃は八緒自身であるはずだ。未だ実感にも自覚にも足りていないところはあるとしても。

八緒がいる限り、他の誰かが正妃となることはできないのではないのか。

「……お若いあなたがご存じかどうかわかりませんが、少し前までは、今のようなかたちでの御成婚というものはなかったのですよ？」

「……」

少し前——御一新以前。

八緒は御妃教育の中で習った王室史の記憶をたどった。

その頃の神仔宮の妃たちには、出身身分等による位の差はあっても、正室と側室のはっきりとした区別はなかったのだ。区別が生まれるのは、神仔宮が玉座を継いだとき。妃のひとりが選ばれて立后《りっこう》の宣旨《せんじ》を下されるのだった。

神仔宮時代から正妃を定め、正式に神前儀式を行うようになったのは、御一新以後——焔来の父の代からだった。

「ましてや、あなたと焔来様の儀式は略式でしたし……大臣はつけ込む隙《すき》があると思っているようです」

阿紫の父大臣はその時代への回帰を狙っているのだろうか。側室として娘を入内《じゅだい》させておき、八緒より優れていることを世間に認めさせて、いずれ時が来たら立后させる——九尾の今上陛下の御世《みよ》がまだまだ続くだろうことを思えば成立する確率は低いが、譲位されることもあり得るし、絶対に不可能とまでは言い切れない。

（……でも、まさか）

いつか九尾狐王妃として稲荷御所に入る自信などまだとても持てない八緒だが、他の正妃が立つということも、焔来と結婚して以来、考えたことはなかった。

（もしそんなことになったら……）

もしかしたら、煌紀の身分にも影響するのではないだろうか。

八緒が焔来と一緒になったとき、焔来はもう待てないと言ってくれた。儀式も略式のまま、奪うように八緒を神仔宮に連れ戻った。八緒はその強引さが嬉しかったけれど、それが今になって仇《あだ》になるとしたら。

「でも、あまり心配されることはないのかもしれません」

「え……？」

「焔来様のほうでどうしても嫌だとお断りになれば、女院様にもどうすることもできないでしょうから……」

（……焔来が断ってくれれば……）

そうだ。焔来は八緒のことを愛してくれていると思うし、煌紀の親としても大切にしてくれている。

それにもともと、二股《ふたまた》をかけるような真似は嫌いな男なのだ。簡単に側室を受け入れるわけがない。たとえそれが女院の気遣いであったとしても。

「――喋りすぎました」

と、中臣は言った。

「あなたを見ていたら、なんだか黙っていられなくなって。……何も知らずに健気《けなげ》に勉学に励んでいらっしゃるのがお気の毒に思えて……おゆるしください」

「いえ、そんな……」

辛《つら》い話ではあったけれども、何も知らずにいるよりは、きっと知っていたほうがいい。

「ありがとうございます。教えてくださって……」

「よけいなことを言ってしまったかもしれません。妃殿下はお世継ぎを産まれたのだし、女院様に堂々と神仔宮妃の座に座っている権利がある。大臣家とのつきあいは大切ですが、どれほど強く推《お》されたとしても、焔来様はおそらく阿紫様を受け入れないでしょう。私なら、受け入れません」

中臣は微笑を浮かべた。

「あなたのような可愛いひとが傍にいたら、他の誰も目に入らないでしょうから」

「……え……？」

八緒は何を言われたのかよく理解できないまま、目を見開いて彼を見上げた。

（……どういう意味、なんだろう……？）

わからない、というよりは、わかってはいけないという本能が働いたのかもしれない。

焔来以外の誰かからこんなふうに言われたことは、これまでに一度だってなかったのだ。

……否、焔来だって滅多に言わないのだけれど。

「八緒様……！」

歩きながら、いつのまにか神仔宮のすぐ近くまで来ていたらしい。

探しに出ていたらしい小砂《こすな》が声をあげた。八緒がただの焔来の近侍《きんじ》であった昔から仕えているため、身分の差はあっても八緒に対して気安いところのある仔だった。

「遅いから心配しました……！」

そして中臣の存在に気づいて探るような表情を浮かべる。乳母から聞いてはいるのだろうが、やはり神仔宮妃が神仔宮以外の男と長時間ふたりきりでいるのは、褒められたことではない。

「……では、私はこれで」

中臣は頭を下げ、立ち去った。

なかば呆然《ぼうぜん》と、八緒は彼の姿を見送る。

「……なんだか、不思議な感じのするひとですね……」

同じように彼の背を見送りながら、小砂は言った。

少し遅くなるので、先に食べているようにと焔来からの言伝があり、八緒はひとりであまり喉を通らないままの食事を終えた。

そして部屋へ下がったあと、勉強をはじめた。

あまり根を詰めないようにと焔来には強く言われているのだが、もともとさほど優秀でない自覚のある八緒は、聡明な阿紫にできるだけ後《おく》れを取りたくなかった。

「夕食はとったか」

帰ってきた焔来は、八緒の顔を見て、まずそのことを聞いてきた。

「うん。お帰りなさい」

「……。食事にする。相伴《しょうばん》しろ」

「稲荷御所で食べてきたんじゃなかったの」

「……軽くだ」

焔来は、適当なものでいいから何か出すように侍女たちに命じた。

上の者が急に無理を言い出すと、下の者は困る。それを誰よりもわかっているのは焔来であるはずなのに。

それでも命じられれば従う他はなく、途端に神仔宮があわただしくなる。

支度が整うまでのあいだ、八緒はいつものように焔来とともに彼の居室へ行き、着替えを手伝った。

だが、軍服の上着を脱がせ、吊《つ》るそうとした手がふと止まる。

ふわりと、覚えのある香りがしたからだった。

（……この……匂い……）

たしか阿紫が焚《た》き染《し》めていた香ではなかっただろうか。

「ほ……焔来……」

「うん？」

何故この匂いが焔来からするのか。聞きたいけど、どう聞いたらいいかわからなかった。

「あの、稲荷御所で……何か変わったことなかった？」

「別に」

「……そう……」

この香りが焔来からするということは、阿紫に引き合わされたのではないのだろうか。何故、それを隠すのか。

（もしかしたら、会っただけじゃなくて……）

側室として打診されたり、それ以上のことも……？

いや、まさか。いくらなんでもそんなに早く話が進むはずはない。

（でも……もしかして俺の知らないうちに、動き出していることがあったり……？）

「……八緒？」

「あ、ううん」

それ以上聞くのを躊躇《ちゆうちよ》したまま、焔来のシャツを脱がせ、部屋着の袴を穿《は》かせた。しっぽを後ろの穴から引き出し、ブラシをかける。九本のしっぽは相変わらず美しく、神々しいほど豪華にもふもふしている。

（……なんだか、しっぽにブラシをかけていると、安心する。……どうしてかな）

波立った気持ちが凪《な》ぎ、落ち着いてくる。

（……これ、取り外しできたらいいのにな。そうしたら、離れ離れになるときは、一本置いていってもらうのに）

焔来のしっぽを抱き締めていれば、寂しさも感じずにいられるかもしれない。でも花の間に持っていったら、女院にまた叱《しか》られるだろうか。

そんな他愛もないことを考えていると、食事の支度が整ったと侍女が呼びに来た。

焔来とともに、座敷へと移動する。八緒は先に食べていたので、用意されていたのは焔来の膳《ぜん》だけだ。

焔来は給仕係の侍女たちを下がらせたので、茶をいれたり、汁椀《しるわん》の蓋を外したりということは、八緒がした。

焔来はその蓋に吸い物を注ぎ、八緒に差し出してきた。

「え……」

「飲め」

「だって、俺はもう」

「あまり食ってないんだろう？　顔を見ればわかる」

そんなにも顔に出ていたのだろうか。阿紫のことが気になっていたせいか、あまり喉を通らなかったのだ。

だが焔来にそう言われたら、口にしないわけにはいかなかった。

八緒は蓋を受け取って、飲み干す。

（あ……美味《おい》しい）

さっきひとりで食べたときは、まるで味を感じなかったのに。

「美味しい」

「そうか」

焔来のあまり変わらない表情が少しだけ緩む。続けて焔来は、稲荷寿司を半分にして、八緒の口許に運んだ。

「口を開けろ」

「じ……自分で」

「早くしろ。落ちる」

しかたなく開けると、口の中に稲荷寿司が半分押し込まれた。八緒の口には大きすぎて、頬張るのはとても大変だった。八緒が口を押さえてもごもごと飲み込もうとするのを、焔来はやわらかな目で見つめている。

もしかしたら、食べてきたはずの焔来が再び夕食をとろうとしたのは、八緒に食べさせてくれるためだったのだろうか。

（……そんなに顔色悪かったのかな……）

心配させてしまったことを、八緒は申し訳なく思った。

焔来は変わらずやさしい。特に八緒の身体のことは、とても気遣ってくれる。

側室のことなど、心配することはないのかもしれないと思える。

「あ……あのさ、焔来」

「ああ？」

少しだけ心がほぐれて、八緒はようやく聞いてみる気になれた。

「……側室について、どう思う？」

「どう、とは？」

「側室を入れろって言われたら？」

「何をばかな」

焔来は一蹴《いっしゅう》した。その答えに、八緒は密かに息をついた。

「だ、だよねえ」

焔来のような男が簡単に側室など娶るわけがないのだ。そう思うと、気が楽になった。

「どうした？　義母上に何か言われたのか？」

「ううん」

八緒は首を振った。実際に側室のことを口にしたのは女院ではない。中臣が穿《うが》ちすぎていただけという可能性だってあるのだ。

「……焔来も食べて」

笑顔を浮かべると、焔来はほっとしたような顔をした。

「ああ」

「あーん」

ふざけて——以前はよくやったように口許まで残り半分の稲荷寿司を持っていくと、焔来は素直に頬張った。八緒よりやはり口が大きいのだろう。あっさりと飲み込んでしまう。

「はい、次」

稲荷御所で食べてきたはずの焔来も、食べさせればぱくぱくとよく食べた。

「食った気がしなかったからな。義母上に見られていると」

「今さら怒られるわけじゃないだろ？」

焔来の作法は完璧だ。女院も満足しないわけがない。こんなふうにふざけるのでなければ、だが。

「ああ。だが仔狐の頃のことが刷り込まれているからな」

「今でも怖い？」

「怖い……わけではないが……それほどには……」

認めない焔来が可愛い。少し笑う八緒に、焔来も微笑った。

「やっぱり、おまえと食べるのがいい」

その言葉が泣きたいくらい嬉しい。

いつまでもそう思っていて欲しい、と八緒は心から願った。


その日、御妃教育を終えた八緒は、稲荷御所から帰る途中で煌紀を乳母に預け、ひさしぶりに庭を散歩した。

「いい風……！」

目を細める。

九尾狐家の庭は四季折々に美しいが、この季節は咲きはじめた桜の花に埋め尽くされ、とりわけ見事だ。

（焔来ももう少し暇だったら、一緒に歩けるんだけどな）

とはいえ、八緒自身も暇というわけではなく、その手には女院に渡された本がある。

集中したいからと侍女たちを下がらせ、八緒は池のほとりの床机《しょうぎ》に腰を下ろすと、それを開いて読みはじめた。

明日までに読んでおくように言われたものだが、漢字も多くてなかなか骨が折れる。それでもどうにか半分ほど読み進めたあたりで、周囲の暗さに文字が追えなくなった。

(……残りは夕食のあとにしよ)

焔来がゆるしてくれれば、だが。

焔来は口を酸っぱくして八緒に根を詰めるなと言い、体調を心配してくれるが、その割には欲望に忠実なほうだ。困ったことではあるのだが、八緒はそういう焔来が可愛くて、結局拒めないことが多かった。

(今日も遅くなるって言ってたけど、そろそろ帰ってくるかも)

八緒は本を閉じた。

来たときとは逆方向に池を回って帰ろうと思う。焔来と初めて出会ったのも、こんな満月の夜だったなあ、などと思い出しながら、ゆっくりと歩く。

その途中、稲荷御所にほど近いあたりでふとひとの気配を感じて、八緒は足を止めた。

この時間だと、庭師などもすでに仕事を終えて帰っているはずだ。警備はしっかりしているはずだし、まさか九尾狐家の敷地内に不審じん物が入り込んでいるはずはないけれども。

そう思いながら、そっと窺《うかが》う。

（あ、焔来……！）

遠くの木立の陰に、月明かりに照らされた焔来の姿を見つけた。

もしかして予定より早く帰ってこられたのだろうか。侍女たちから八緒が散歩に出たことを聞いて、追ってきてくれたのだろうか？

「焔……」

八緒は嬉しくなって駆け寄ろうとした。

だが、その脚がぴたりと動かなくなる。

「……焔来……？」

彼がひとりではなかったからだ。

すぐ傍に、見覚えのある女性がいた。狐のミミと豊かなしっぽを持った、美しいひとが。

（阿紫様……！）

何故こんなところで、焔来が彼女と一緒にいるのか。

近づいて、そう尋ねればいいのに、できなかった。

ふたりのあいだに流れる空気が、ひどく甘く感じられたからだ。

焔来が彼女にやさしく微笑いかける。焔来を見上げる彼女の顔に、焔来の顔がゆっくりと近づいていく。

そしてふたりの唇が、ついに重なった。

八緒は息を呑んだ。自分の目で見たものが、信じられなかった。

何度も、何度も瞬《まばた》きして、目の前の幻を消そうとする。けれども何度繰り返しても、消えてくれない。口づけは深くなるばかりだ。

八緒はじりじりと後ずさり、いつのまにか駆け出していた。

(いまの……いまの、なに?)

そのまま、どうやって神仔宮へたどり着き、ひとばらいしたのかさえ覚えていない。気がついたらひとりきり、部屋の片隅に崩れ落ちていた。

(……焔来が、阿紫様と接吻してた)

信じられなかった。

でも、たしかに見たのだ。

(……焔来が、浮気するなんて)

胸に黒いものがこみ上げ、息まで苦しくなって、着物の襟もとを握り締める。じわりと涙が滲んできた。

焔来は決してそういう男ではなかったはずなのに。

(どうして浮気なんて)

否——。

八緒の頭に、ふいに殴られたような衝撃が走った。

焔来は浮気をしたり、二股をかけたりすることを好むような男ではない。もしそうだったのなら、八緒とのことはもっとずっと簡単だったのだ。正室の神仔宮妃には血族の狐の娘を娶り、八緒は側室として囲えばそれで済んだ。

八緒には辛い結論ではあるが、焔来の選択なら、八緒はきっと受け入れていただろう。それができず、八緒と添うためにあんなにも苦労したのは、潔癖症のきらいがあるのではないかと思うほど、焔来が真面目《まじめ》な男だったからだ。

そんな焔来が、他の女性に口づけたのだとしたら。

(……浮気ではないのかもしれない……?)

その考えは、八緒を激しく揺さぶった。

(……焔来は、あのひとのことを本気で好きになったのかもしれない)

まさかとは思う。けれどそれ以外の解釈があるだろうか。ふたりが抱き合い、口づけていたのは厳然たる事実なのだ。

(……焔来……)

ぐらりと眩暈《めまい》がした。

目の前の景色《けしき》がすうっと遠のき、真っ暗になる。彼女と寄り添い、九尾の仔狐をあやす焔来の姿が脳裏に浮かんだ。

「八緒――八緒？」

それからどれくらい時間がたったのだろう。

降ってきた声に、八緒ははっと目を覚ました。いつのまにか眠っていた――というよりは、気を失っていたのだろうか。

（庭で……焔来と……阿紫様を見て……）

そのあたりからあとの記憶がほとんどない。

瞼を開ければ、心配そうな顔で焔来が覗き込んでいた。いつのまに帰ってきたのだろう。出迎えもできなかった。

「ご……ごめん……っ、迎えにも出なくて」

小砂が焔来の帰宅を教えに来てくれただろうに、八緒にはその記憶もないのだ。

立ち上がろうとする八緒を制し、焔来は傍に腰を下ろしてくる。

「別にかまわない」

と言いながら、焔来の表情には、やはり不機嫌が滲み出ている気がした。

「どうした？　具合でも悪いのか」

「……ううん」

八緒は首を振った。

「……ちょっと、……うたた寝してただけ」

「うたた寝？　声をかけられても起きないほどにか？」

「……」

不自然極まりないことだろう。だが、倒れたなどと言ったら心配をかけてしまう。実際にはおそらく体調の問題などではないのに、焔来は侍医に診《み》てもらえと言うだろう。それを断ろうとすれば、じゃあ何故倒れたのかという話になる。

焔来と阿紫を見てしまったからだとは、言えなかった。

口に出すのが恐ろしかった。

（それに、言ったら、俺はきっと焔来を責めてしまう）

責めて、責めて——詰《なじ》って、そうしたら、焔来の心はもっと離れていってしまうかもしれない。

（焔来を失いたくない）

焔来が阿紫を好きなのだとしても、傍にいたい。

二股のようなことを嫌う焔来のことを思えば、身を引いてあげるべきなのかもしれないとも思う。でも八緒は、焔来と別れたくなかった。たとえ焔来の愛が他へ移ってしまったとしても、彼の近くにいたかった。

それにふたりのあいだには、仔狐がいる。自分たちだけのことでは済まない。八緒が神仔宮を出されれば、煌紀は片親を失うことになってしまう。

……もしかしたら焔来も悩んでいるのだろうか。

焔来は他に好きな女性ができたからと言って、略式の儀式しかしていないとはいえ一度は妻に迎え、仔まで成した相手を、簡単に離縁できるような男ではないからだ。

（……だったら、ちゃんと話し合わないと……）

でも、そのときが終わりのときかもしれない。

彼女のことが好きになったから別れてくれ、と焔来の口からはっきりと言われてしまうかもしれない。

（……そうしたら、身を引いてあげるべきだ）

あの焔来にそこまで言わせるほど苦しめるくらいだったら。

そもそも焔来の命令には、八緒は逆らえないのだ。家臣だからというだけではなく、八緒自身の心が逆らいたくないと感じてしまう。何もかも、焔来のいいようにしてやりたいと思うからだ。

（ああ……せめて浮気だったら）

浮気なら、何も知らないふりで待ってさえいれば、いつかは飽きて戻ってくることもあるかもしれないのに。

奈落《ならく》に取り残されたような気持ちで、焔来の性格を考えればほとんどあり得ないような可能性に、八緒は縋《すが》った。

「き……気分を変えようと思って、池のほとりで本を読んでいたから、ちょっと疲れたのかも……少し肌寒かったし……」

ごまかそうとして、八緒は言葉を途切れさせた。庭に出たことを言ったら、ふたりを見てしまったことに気づかれるかもしれないからだ。

だが、焔来は特に反応しなかった。

「風邪をひいたのか？　勉強はほどほどにしろと言っただろう」

「う……うん。……でも、必要なことだから……」

八緒は笑おうとして、ふいに笑顔が強《こわ》ばるのを感じた。

もし、八緒が焔来と別れて神仔宮を出されるとしたら、たしかに神仔宮妃としての教養など無駄だからだ。

根を詰めなくてもいいと焔来がしょっちゅう言っているのは、――もしかしたらそれは、八緒にはそんなものは不要になるから、ということだったとしたら？

（……神仔宮妃には、いずれ阿紫様がなるから……？）

その可能性に思い至って、八緒は呆然とした。

（まさか）

まさか。……でも。

神仔宮妃として、八緒は決して出来がいいとは言えない。女院に阿紫と引き合わされて、焔来は阿紫のほうがふさわしいと考えたのかもしれない。

阿紫は聡明であるばかりでなく、見た目も申し分なかった。八緒と違って女性であり、上品でありながら艶めかしささえ感じられる美貌と、豊かな狐のミミとしっぽを持っていた。

焔来は、彼女を愛したというより、彼女を側室に――それとも正妃に迎えるべきだと気持ちを固めたのかもしれない。だから、キスしたのかも。

（……焔来）

だとしたら、焔来の心が移ろったというよりは、まだましな気もした。

……けれど焔来が八緒と別れないままで阿紫を迎えることを決めたとしたら、八緒もまた彼女を受け入れなければならない。神仔宮に複数の妃がいるのは当たり前のこと。我儘《わがまま》は言えない。

（……焔来が、彼女のことも抱く。……俺だけじゃなくて）

（いずれは、彼女が焔来の仔狐を産むかもしれない）

（……ずっと俺だけのものだったのに）

ほんの仔どもの頃からずっとずっと一緒にいたのだ。初めて口づけた相手もお互いなら、初めて抱き合った相手もお互いで、他の誰にもふれないまま今まで生きてきた。

かつては焔来が他の正妃を娶るのを覚悟したこともあったが、——今になって、その問題を再び突きつけられるなんて。

（……あ）

そのときふと、八緒は思い出す。

昔、八緒が焔来の御添《おそ》い臥《ふ》しに決まったとき、焔来は八緒が相手であることが、ひどく不満そうだったのだ。

おそらく焔来としては、新枕《にいまくら》を手ほどきしてくれる相手には、いろっぽい年上の女性を期待していたのだろう。そうなるほうが自然だったし、そういう女性が本来は焔来の好みだったのだろうから。

（……阿紫様のほうが、焔来の好みなのかもしれない……）

八緒はその可能性を思わずにはいられない。

たまたま八緒が相手を務めることになったから、そのまま関係が続き、情も移って、いい加減なことが嫌いな焔来はやがて八緒を娶ることにもなった。

だが、もしかしたらあのとき八緒が出しゃばらなければ、全然違う未来が焔来にはあったのではないだろうか。

「八緒……？」

焔来が覗き込んでくる。その手が頬へと伸ばされる。

けれどもそれがふれそうになった瞬間、八緒は思わず身を避けていた。

「どうした？」

焔来は怪訝そうに眉を寄せた。眉間《みけん》には深く皺《しわ》が寄っている。当たり前だ。これまで八緒が焔来の手を避けたことなど、ただの一度もなかったのだから。

「な……なんでもない」

と、八緒は首を振った。自分でも、自分の反応がよくわからなかった。

「……煌紀は？」

「乳母が見ているが」

「そ……そうだよね」

それはそうだ。八緒自身が預けたのだから。ただ、焔来の気を逸《そ》らしたくて持ち出した話題に過ぎない。

「焔来、ご飯は」

「まだ」

「じゃあ、すぐに着替えないと」

八緒は立ち上がろうとして、少しふらつく。焔来が支えてくれたのを思わず振り払いそうになり、寸でのところで堪《こら》えた。

……ふれられたくない。

そう思った自分に愕然《がくぜん》とした。そんなこと、今まで一度だって思ったことはなかったのに。

……なのに、阿紫にふれた手で、ふれて欲しくなかった。

強ばった顔をなるべく見せないように伏せながら、軍服を脱がせていく。

こうして素肌を目にしても、焔来の身体はいつもと同じように美しく、少しも穢《けが》れたりはしていないように見えた。

移り香もない。なんの痕跡《こんせき》もない。そのことに少しだけほっとする。事実が変わるわけでもないのに。

「……何かあったのか？」

「何も」

焔来も不審に思っている。なんでもないふりをしないと——でも、したからと言って、どうなると言うんだろう？

（やっぱり、ちゃんと聞いてみるべきなんじゃないのか）

けれども、焔来の口から、阿紫を愛していると言われたら。

そんなこと、とても耐えられない。聞いた瞬間、心臓が止まる。きっと。

八緒は結局、焔来に問うことはできなかった。

黙り込んだままの夜を迎える。

焔来は自分からはあまり喋らないから、八緒が黙っていればとても静かだ。

「……八緒」

いつものように八緒の部屋へ渡ってきた焔来が、かけ布団を上げて促してくる。その隣にすべり込むのを、八緒は思わず躊躇《ためら》った。

あのキスを思い出してしまうのだ。

（阿紫様にキスしたのに、俺のことも抱くの……!?）

そんなに深刻に考えることはないのではないかとも思う。キスを見ただけだ。同衾《どうきん》しているところを見たわけではない。外国では友達でもするとも聞く。

なのにどうしてもだめなのだ。焔来の潔癖症を笑えない。

（……焔来は、阿紫様のこともこうして抱いたのかもしれない）

そう思ってしまう。

今までは、焔来のすべてが八緒ひとりのものだったのに。

焔来と別れたくない。

それはたしかに八緒の本心だけれど、八緒の心は焔来をゆるせてもいないのだった。

でも、そのことを焔来に知られるわけにはいかない。

「……八緒？」

怪訝そうに問いかけられ、八緒は自分を制して動き出した。そろそろと焔来の隣に横たわれば、いつものように抱き寄せられる。

口づけようとする焔来から、八緒は思わず顔を逸らした。怪しまれないように——いつものようにしていようと思うのに、できない。

「どうした」

「……な、なにも」

それしか言えずに、八緒は顔を伏せる。焔来が吐息をついた。

「……そんなに硬くなるな」

と、彼は言った。

「気が乗らないなら、何もしないから」

「き……気が乗らないなんて、そんな。……ただ、ちょっと……疲れて」

「わかってる」

八緒の言い訳に、何がわかっているというのか、焔来はそう言った。

「いいから寝ろ。ゆっくり眠れ」

八緒を包むように、焔来はしっぽを背に回してきた。そして一本だけ、八緒の胸に抱かせる。

そのやさしい感触に、八緒は泣きたくなった。

「一本でいいか？」

「……もっと」

ねだる声は、涙ぐんでいるせいか、少し甘えたものになる。二本目のしっぽがあたえられる。

「いいか?」

「……もう一本」

三本目のしっぽがあたえられ、八緒はそれらをぎゅっと抱き締めた。顔を埋め、胸いっぱいに焔来の匂いを吸い込む。

焔来のしっぽを抱き、焔来のしっぽにあたたかく包まれて、巣の中にいるような心地《ここち》よさを感じた。なのにそれとともに、焔来の肌とのあいだに垣根を置かれたような寂しさも覚えてしまう。

(……自分で拒んでおいて)

「……ごめん」

蚊《か》の鳴くような声で、八緒は呟いた。

額に口づけられる。焔来が目を閉じたのがわかる。

長いつきあいの中で、焔来の要求を拒んだことなど、これまであっただろうか。

申し訳なさと裏腹に、だが焔来だって、こんなに聞き分けよく引き下がったことなど一度もなかったのだ。

八緒にとって、焔来に抱かれることは愛の行為であると同時に、義務でもある。たとえ妃であっても神仔宮に仕える者であることは間違いないからだ。

職務放棄してしまったということは、御妃教育真っただ中にある八緒にとって、二重に重いことだった。

そんな自分が焔来に棄てられるとしたら、それもしかたのないことのようにも思えた。

(焔来……焔来)

縋るように焔来のしっぽを抱き締めて、胸の中で何度も繰り返し名を呼ぶ。八緒は身を硬くしたまま、結局朝までまんじりともすることができなかった。

それから焔来は夜、八緒の部屋に渡らなくなった。

3

その後も、御妃教育は続いていた。

今日は祭祀の時間のあと、外国語の読み書きで小試験があった。欧化していくこれからの時代には絶対に必要な科目だ。

講師がその採点をするあいだ、休憩に出された茶菓子を阿紫とともにいただく。彼女をそっと窺えば、白い横顔は相変わらず美しく、長い黒髪は艶やかだ。勉強にも励んでいるだろうに、どこにも荒れたところが見あたらない。

ただでさえ平凡な見た目なのに、さらに日々見苦しくなっていく自分が、八緒は情けなかった。

そして彼女の豊かな狐のしっぽもまた、きちんと正座した脚に添わされていた。

それは八緒には、相変わらず苦手なことだった。おとなしくしていなければと思えば思うほど、揺れてしまって。

「……八緒様は、焔来様とは幼馴染《おさななじみ》だとか……」

「え？　ええ」

ふいに話しかけられて、八緒は軽く動揺した。

「焔来様とわたくしも、幼馴染のようなものだったんですのよ」

「え……？」

焔来の幼馴染が自分だけでないのは当たり前だ。緑郎たちだってそうだし、親戚《しんせき》の仔たちだってそうだろう。わかっているのに、おまえだけが特別なわけではないのだと突きつけられたような気がした。

「焔来様は覚えていらっしゃらないでしょうけど」

と、阿紫は微笑った。

おとなになるにつれて、それぞれの家の方針によっては男女が同席することはなくなっていくからだ。

「お小さい頃の焔来様は、本当にお可愛らしかったですよね」

「……お会いになられたことが？」

「ええ。まだ焔来様が毛《け》ものだった頃から、何度か」

「毛もの……」

八緒は毛もの姿だった頃の焔来を、見たことがなかった。初めて会ったときには、すでにふたりとも型になっていたからだ。

「当時の御妃様にお願いして抱かせていただくと、小さなお手を一生懸命開いて、わたくしの髪を肉球でぎゅっと掴んでお笑いになって、……それはもうお可愛らしゅうございました」

幼い阿紫と、煌紀そっくりの仔狐だった焔来の姿が脳裏に浮かんだ。

想像するだに可愛らしく、微笑ましい。

でも、胸が苦しい。

「八緒様は、毛ものの頃の焔来様にお会いになられたことは？」

「……いいえ」

阿紫は焔来の親戚でもあるのだから、幼い頃に会っていても当然だ。焔来の実母から、焔来を抱き上げることをゆるされていてもだ。

（……俺は焔来にふれて怒られたけど……）

出会った日、八緒は焔来の銀の瞳のあまりの美しさに思わず手を伸ばし、侍従に振り払われたのだ。

身分が違ったのだからしかたがない――わかっているのに、八緒は胸に黒く渦巻くものを感じずにはいられなかった。

「その頃からわたくし、将来は焔来様の御妃になるのだと父に言われて育ちました」

「……そんな昔から……御妃に……」

「その日が来るのを楽しみにしていたのですが、でも……」

申し分のない女性である彼女が、御妃候補として目立つことがなかったのは、おそらく女院の推しが彼女の姪《めい》である華恋《かれん》だったからなのだろう。だが、結局華恋の線は消えた。

もし、彼女が御添い臥しを務めていたら、と八緒はふと思った。

彼女も未通であっただろうが、結局それは自分も同じだったし、古い時代には、敢《あ》えて身分の高い姫君を御添い臥しにつけて、そのまま入内させてしまうこともあったと王室史の講義で習った。

(……それだったら、焔来も満足していたのかも……)

期待どおりの美しい女性で。

焔来の御添い臥し役を無理矢理奪い、焔来が彼の理想とする新枕を経験するのを邪魔したことは、八緒の負い目になっていた。そしてまた、焔来が八緒を夜伽《よとぎ》の相手と定め、結婚にまで至ったのは、新枕を交わした責任感が根底にあったからではないのかとも思っていた。

「焔来様がご結婚なさってからはあきらめておりましたけれど、このたびこうして八緒様とご一緒に学ぶことができるようになって、本当に嬉しく思っているのです。八緒様はお嫌かもしれませんが、私たちはいずれ協力して焔来様をお慰めできると思うのです」

「協力……?」

「決して出しゃばったりするつもりはありません。ただ、たとえば八緒様がおふたりめをご懐妊なさったときとか……」

「……」

煌紀を身籠っていたときには、たしかに焔来には不自由をさせた。身体が弱っていたこともあって、閨《ねや》のこともおろそかになったし、出産してしばらくは、本当になんの世話もできずに横になっていた。そのあいだに焔来の被毛はぼさぼさになってしまった。

阿紫がいてくれたら、焔来に我慢を強いずに済む。

それが嫌だと思うのは、八緒のただの我儘だ。

(それに……俺が嫌でも焔来はもう)

阿紫を受け入れることを決めているのではないだろうか。焔来の性格を考えれば、そうでなければ、あんなことはしないのではないか。

接吻を交わしていたふたりの姿を思い出した途端、ぞわっと肌が粟立《あわだ》つのを八緒は感じた。

「わたくしは九尾の仔を産むことはできないかもしれませんが……」

と、阿紫は言った。

九尾の仔狐は、濃い血族婚からでなければ生まれないからだ。阿紫は焔来と親戚関係にあるとは言っても、そこまで血が近いわけではない。

「でも、九尾の仔を産めなければ産めなくてもかまわないと思うのです。御一新以降、新しい世の中になったのではないですか」

九尾の仔が特別に尊ばれる伝統は、これからは必要なくなっていく。

冒瀆《ぼうとく》的とも言える意見に、咄嗟《とっさ》に八緒は反論しようとした。

すっと襖が開き、女院とともに講師が戻ってきたのはそのときだった。

「お待たせいたしましたね」

老講師は、ふたりの前に座った。

八緒から答案を返しながら、

「妃殿下も今回は頑張っておられましたね」

と、彼は言った。いい点数だ。八緒はほっとする。ずいぶんと勉強した甲斐《かい》があった。どちらかといえば得意科目だし、翰林院に通って基礎ができているぶん、本来有利なはずなのだ。

だが、女院の顔は険しい。何故——と思ったとき、講師は阿紫にも答案を渡した。

「阿紫様も、すばらしい」

その言葉にちらと視線を向け、八緒は愕然とした。阿紫のほうがさらに上——というか、彼女は満点だったからだ。

（……っ……）

あんなに頑張ったのに、と思わずにはいられなかった。どんなに頑張っても、所詮《しょせん》はこの程度なのか。

「……たまたまですわ」

と、八緒の動揺に気がついたように、阿紫は言った。

同情が胸に突き刺さる。たまたまなどでないことくらい知っている。これまで小試験をするたび、阿紫に後れを取ってきたのだ。

「阿紫殿は本当に賢くていらっしゃる」

と、女院は言った。

「それに引き換え……」

八緒に向けられた視線が痛かった。

打ちのめされる八緒に、老講師は言った。

「阿紫様、問五の構文について、妃殿下に説明してさしあげてください」

「……っ……」

それは八緒が唯一、間違ったところだった。――そう、そこ以外は正解しているのに。阿紫に教えてもらわなければならない情けなさに、八緒は泣きたくなる。女院の視線がさらにきつくなっていく。

「あの……でも……」

よほど表情に出ていたのだろうか。阿紫は躊躇った。八緒は、これ以上彼女に気を遣わせるわけにはいかないと思った。

「お願いします、阿紫様」

無理に笑顔を浮かべようとする。

「でも……」

それでも彼女は眉を寄せ、説明しようとしない。

「わたくしなどが……僭越《せんえつ》すぎて」

どうぞ先生が、とその役を辞退した。

八緒は一層みじめな気持ちになったまま、講義を終えた。


（……帰りたくない）

自分は神仔宮妃としてふさわしくないのかもしれない。

そう思わずにはいられず、神仔宮に帰る足はひどく重かった。

おそらくひどく沈んだ顔をしてもいるだろう。このまま焔来を迎えたら、また心配させてしまう。

このところなかば習慣化していることだが、少しでも気分を変えたくて、八緒は池のほとりの床机で休んでいくことにした。

乳母たちを帰し、仔狐を膝に抱いて、床机に腰を下ろす。長時間というわけにはいかないが、ひとばらいをするとほっとした。

ひとりになる機会もめっきり減ったな、と思う。正直窮屈だが、しかたのないことだ。どんなに出来が悪くても、神仔宮妃の身分なのだから。

(……焔来の侍従だった頃は、ひとりになれなくても全然平気だったんだけどな……)

一緒にいる相手が焔来だったからだ。

焔来が大好きで、傍にいるのが本当に嬉しくてしかたなかったから。

(焔来、今頃どうしてるかな)

祖父である今上陛下に仕事や課題を命じられ、忙しいらしい。この頃は、帰りが遅くなることも多かった。

(もしかしたら本当は、阿紫様と――)

一瞬、頭を過ぎった疑惑を、八緒は振り払った。

(俺も頑張らないと)

焔来が頑張っているように――焔来にふさわしいように。

(……でも、頑張っても……)

阿紫に及ばない自分に、じわりと涙が滲む。

「どうなさいました」

ふいに降ってきた声に顔を上げれば、中臣がいた。

「先生……」

八緒は慌てて袖口で涙を拭《ぬぐ》った。

彼は講義のあと九尾狐家の庭を自由に散策する許可を得ているらしい。あれからたまにこうして遭遇することがあった。

「……別になんでもありません」

「座ってもよろしいですか」

「……ええ」

八緒が少し避けると、中臣は隣に腰を下ろす。

その途端、煌紀がシャー！　と歯を剝《む》いた。

「煌紀……!?」

八緒は驚いた。こんな煌紀を見たのは初めてだったからだ。

「こら、煌紀。先生に向かって」

軽く叱ると、煌紀は八緒の着物に爪を立て、少し這い上るようにして胸に顔を埋める。八緒は頭巾の上からその頭を撫で、煌紀を宥《なだ》めた。

「すみません……知らないひとに会うのに慣れてなくて」

「かまいませんよ。驚かせてしまったようですね」

風がそよぎ、桜の花びらがひらひらと舞い散る。それを見上げて、彼は目を細めた。

「先程のことは、気にしなくていいと思いますよ。たかが一問の違いではありませんか」

「……っ……」

小試験のことが彼にも伝わっているのかと思うと、顔から火が出る思いだった。八緒は顔を伏せた。

「……でも……女院様にまで恥ずかしい思いをさせてしまったことは事実ですし……」

声が震えた。彼女の叱責《しっせき》を思い出して、また涙ぐんでしまいそうになる。

「……阿紫様のほうが……」

神仔宮妃としてふさわしいのではないか。

その言葉を、八緒は飲み呑んだ。それはさすがに口にしてはいけない言葉だ。

しかも、

――不平不満、苦しみや思うところがあっても、何ごとも己ひとりの胸に秘め、気高く振る舞うこと
これは御妃教育の最初の科目である「御心得」の一つでもある。

中臣は小さく吐息をついた。

「たとえば、私のお教えしている祭祀や儀礼でも……名前や種類、手順などを覚えることも大切ですが、本当に大切なのは、神様を奉る気持ちです。その点で、あなたが阿紫様に劣る

とは、私は思いませんよ」

「先生……」

それを言うために、声をかけてくれたのだろうか。八緒は彼の気遣いが嬉しかった。

「……ありがとうございます」

中臣は微《かす》かに笑みを浮かべた。

「先日はあんなことを言ってしまったけれど、ただの可能性の話です。よけいなことを言ったと後悔していたんです。……九尾狐家の世継ぎまで産んだあなたが地位を逐《お》われることなど、そうそう起こるはずがありません。それこそ仔狐様にもしものことがあるか……」

煌紀にもしものこと……という言葉に、もののたとえとはいえぞっとした。八緒は煌紀の小さな身体をぎゅっと抱き締める。

「すみません、縁起でもないことを言いました」

「……いいえ」

「――阿紫様が九尾の仔狐でも産めばまだしも、まあ可能性は低いでしょうし……阿紫様の母上は、焔来様の御父上の従妹《いとこ》ではあるそうですが」

正室を挿《す》げ替《か》えるなど、簡単にできることではないと彼は言う。だが本当にそうだろうか。

先日彼に聞いた、御一新前に戻すという計略は、少なくとも世迷いごとには聞こえなかった。

それに、阿紫は言った。

――九尾の仔を産めなければ産めなくてもかまわないと思うのです。御一新以降、新しい世の中になったのではないですか
その言葉に、八緒は一理を感じている。

たとえ阿紫が九尾の仔を産めないとしても、だから安心するということまでは、八緒にはできない。

一番大切なのは焔来の気持ちだ。

もし焔来が八緒より阿紫のほうが好きになってしまったのだとしたら。

口づけ合うふたりの姿を見ているにもかかわらず、八緒の中にはまだ、焔来を信じたい気持ちがある。けれど焔来は実際に、八緒の閨を訪れなくなっているのだ。

(……だとしたら……)

もしも気持ちが離れたのなら、煌紀がいるからという責任だけで、焔来を縛っていいものなのかどうか。

よほど沈んだ顔をしていたのだろう。

「少し、気分転換をなさってはいかがですか」

と、中臣は言った。

「毎日神仔宮と稲荷御所の往復だけで、九尾狐家の敷地から出ずに引きこもってばかりとい

うのでは、気分が塞《ふさ》ぐのも無理はありません。たまには外出されてはどうでしょう」

「外出……ですか」

「たとえば、……そうですね、里帰りなさるとか」

「里帰り……」

「ご両親に、仔狐様を見せてさしあげるのです」

鞍掛の養父母には、初宮参りのときに煌紀の顔は見せたけれど、それっきりだ。たしかにひさしぶりに里帰りをしてみるのもいいかもしれない。

だが、勉強もある。精いっぱい頑張ってさえこれなのだ。遊んだりしたら、阿紫にどれほど差をつけられるか。

「……そういえば」

先刻のことをふと思い出して、八緒は言った。

「阿紫様と焔来は幼馴染だそうですね」

「幼馴染……と言えるほどかどうかは」

中臣は、少し笑った。

「しょっちゅう一緒に遊んだりしたわけではないでしょうからね。それなら私も焔来様と幼馴染ということになりますよ」

「先生も？」

「一応親戚ですから、毛《け》ものの頃から焔来様にも何度かは会っていますよ。実は、父も焔来様の御父上と同世代で、対抗心のようなものを抱いていたようです。昔から私も、焔来様に負けないように勉強せよとよく言われましたね」

「そうだったんですか……」

焔来と阿紫が特別親しい幼馴染だったわけではないと聞けば、なんとなくほっとする。そういう自分が嫌になる。

「……もし、焔来が阿紫様のことを好きなら……しかたがないのかもしれないとも思います……」

声が震えた。

阿紫は八緒より優秀だし、たとえ九尾でなかったとしても、きっと賢い仔を産めるだろう。その仔は将来、兄としての煌紀をたすけてくれるかもしれない。

八緒がそう口にすると、中臣は目を見開いた。

「いいのですか？　たとえ神仔宮妃としての地位を逐われても？」

「……煌紀のことは心配ですけど……焔来は決して悪いようにはしないでしょうし……そのほうが、焔来がしあわせなら」

胸が苦しい。そんなのは綺麗ごとだからだ。本当は、焔来を誰にも渡したくない。いつまでも自分だけのものでいて欲しい。

けれどそれでも八緒の中には、焔来のしあわせを最優先に願う気持ちもたしかに存在してはいるのだ。

「俺には焔来のしあわせが、一番大事なんです」

中臣はしばらくのあいだ黙り込んでいたが、やがて深く息をついた。

「焔来様が羨《うらや》ましい。あなたのようなひとが傍にいて……」

「……先生」

「ひと型になったばかりの頃の焔来様はすでにとても優秀でしたが、何も感じていないかのような冷たい顔をして、まるで機械で動く精巧なにん形《ぎょう》のようでした。……けれどそれから何年かして再会したときにはどこかがひどく違っていて、……そうですね、同じように高慢な顔はしていましたが、雰囲気がどこか明るくやわらかくなっていて、驚いたことをよく覚えていますよ。あの変化は、あなたに出会ったからだったのかもしれない」

彼の語る幼い焔来は、阿紫の語る幼い焔来とは、だいぶ異なっていた。そのあいだに起こったのは、おそらく実母の死だろうか。けれどもそののち八緒と出会ったことは、焔来を変えるほどの出来事だったのかどうか。

「私にも、あなたのようなひとがいたらよかった。そうしたら私も、焔来様のようになれたのかもしれない」

ひとりごとのような呟きは、八緒には意味がよくわからなかった。八緒は首を傾げて彼を見上げる。

「……でも、もし本当にそんなことになって、あなたが神仔宮を出されることにでもなったら」

と、彼は微笑った。

「そのときは私がもらってあげますよ」

「え……？」

思わず目を見開く。

（もらう……って？）

——あなたのような可愛いひとが傍にいたら、他の誰も目に入らないでしょうから
同時に、先日の彼の科白《せりふ》までミミに蘇《よみがえ》り、八緒はどう答えたらいいか、まるでわからなくなる。

そんな八緒を見て、中臣は噴き出した。

「冗談ですよ」

「で……ですよね……！」

その言葉に、一気に緊張が解けた。

ばかばかしさに、八緒も一緒になって笑った。声を立てて笑うのは、本当にひさしぶりな気がした。

「神仔宮妃殿下に言うような戯れではありませんでしたね」

ひとしきり笑ったあと、中臣は静かにそう言った。

それでも、その慰めてくれようとする気持ちだけでも、八緒はほっと息をつけた気がした。


少しだけ気持ちがほぐれて神仔宮に戻ると、ほどなく焔来も帰ってきた。

いつものように着替えさせ、一緒に食事をする。

焔来は八緒の顔色を心配して、たくさん食べろと箸《はし》で自分のぶんを八緒の口に運んでくれた。

（……やさしい）

焔来は変わらずやさしい。

夜に渡ってくれなくなったことを除けば、本当に以前となんの変わりもなかった。

あの阿紫との接吻さえ見ていなければ、自分から素直に焔来を誘うことさえできたのではないかと思える。こんなことになる前は、八緒のほうからねだることだって、決して少なくはなかったのだ。

（気持ちが全部あちらへ移ってしまったわけではないのかもしれない……）

そんな希望を、八緒は抱かずにはいられなかった。

仔どもの頃からの長いつきあいだし、新枕の相手でもある。結婚するまで大変だったし、焔来の最初の仔も産んだ。そんなふうにして生まれた情の部分は絆《きずな》になって、焔来に他の妃ができたとしても、ふたりのあいだを繋《つな》いでくれるのかもしれない。

だとしたら、代々の神仔宮妃たちと同様、八緒もやはり他の妃を受け入れて、折り合っていくべきなのかもしれない……？

考えただけでも、胸がきりきりと痛むけれども。

夕食後には、焔来が煌紀を風呂に入れてくれた。

こんなことは、本来なら乳母の仕事だ。神仔宮にはしきたりに則《のっと》って、複数の乳母が雇われているのだ。

仕事を取らないでくれと乳母や侍女たちが悲鳴をあげてはいるのだが、遅く帰った日以外は、焔来がするのがすっかり習慣になっていた。

焔来が煌紀を抱いて湯船に浸《つ》かり、ほどよくあたたまったところで煌紀を洗う。洗い終わると八緒が行って受け取り、毛皮を乾かす手順になっていた。

頃合いを見はからって湯殿を覗くと、今日は少し早かったようだ。焔来の膝の上で、煌紀は泡まみれになっていた。

「すぐ終わる。待っていろ」

と、焔来は言った。

「うん……」

八緒は濡《ぬ》れないところに座って、焔来と煌紀を眺める。

焔来が煌紀を仰向《あおむ》けにして腹を撫でると、煌紀はきゃっきゃと喜び、ミミの後ろを洗うときは嫌がって後ろ足をばたばたさせる。微笑ましい父仔の風景だ。焔来が煌紀を心から愛していることが伝わってくる。なのに、見ていると切なくなった。

ふたりめを産めと焔来は言うけれども、産める日がいつか本当に来るんだろうか？

「どうした？」

そんな思いが顔に出ていたのだろうか。ふと、焔来が問いかけてきた。

「……ううん」

八緒は首を振った。

「なんだか信じられないと思って……。昔は全部俺がやってやってたのに、……」

そう、焔来の髪を洗うのも身体を洗うのもしっぽを洗うのも、八緒が世話を焼いていたのだ。

——ミミはいい。湯が入る……！

——だめ！　ミミもちゃんと綺麗にしないと！　絶対入れないから……！

ミミに水が入りそうになるだけでも嫌がるのは、煌紀とよく似ていた。

「あの焔来が自分でお風呂に入るばかりか、仔どもまで入れてあげてるなんて……」

「いつまでも昔の俺ではないからな」

焔来は得意気だが、その言葉は八緒の胸に突き刺さった。

仔の親になって成長したのだと言いたいのだろう。それはわかるのに、まるで気持ちの移ろいを告げられたようで。

あの頃が懐かしくてたまらなくて、じわりと涙が滲んだ。八緒は焔来に気づかれないよう、慌てて目許を拭った。

「……手伝おうか」

「ああ。では、湯を」

「うん」

八緒は、以前焔来の入浴を手伝っていたときと同じ白無地の浴衣を着ている。その裾を少しからげて近づいた。

焔来は煌紀のミミを片手で押さえている。八緒が手桶で湯船の湯を掬い、煌紀にかけると、煌紀はびびびびっと激しく身震いした。

「わっ」

九本のしっぽから繰り出される飛沫《しぶき》をけっこう盛大に浴びてしまい、八緒は思わず声を立てた。

「大丈夫か」

「う、うん。平気」

「今度はしっかり押さえておくから」

八緒は再び湯船から湯を掬った。

すぐ傍に、焔来の剝き出しの肩がある。白くなめらかだが、しっかりと筋肉のついた逞《たくま》しい肩だ。

（ふれなくなって何日たっただろう）

ついこのあいだまでは、毎晩この肩に縋りついて彼を求めていたのに。

八緒には、濡れて輝く焔来の肌が、ひどく眩しいものに思えた。

（そんなふうに思うのは俺だけなのかもしれないけど……）

焔来はもう、八緒の身体に惹かれてくれたりは、しないのかもしれない。

（阿紫様のほうが……）

八緒の部屋に渡らなくなったぶん、阿紫と一緒に過ごしているのだったら。

「八緒。……八緒」

いつのまにかぼんやりとしていたようだった。焔来に呼ばれ、八緒ははっと我に返った。

「ほら」

と煌紀を渡された。すっかり泡を落としてしまうと、濡れ鼠《ねずみ》のようになった煌紀はとても小さい。

八緒は持ってきていたネルのおくるみに煌紀を包んで抱き上げた。

八緒が部屋で煌紀の身体を拭いて、被毛を乾かすあいだに、焔来は自分の身体を洗うのだ。

「ミミもちゃんと洗わなきゃだめだからな」

「当たり前だ」

その応《こた》えに少し寂しくなりながら、湯殿を出ようとすると、焔来に呼び止められた。

「八緒」

「うん？」

「煌紀の世話が終わったら、俺のことはいいから、今夜は早く寝ろ」

「――……」

景色が一瞬ふっと遠くなったような気がした。

あ、今夜も来ないんだ、というのと。

いつもなら、八緒が煌紀のあとには焔来の毛並みを乾かし、ブラシをかけて整えているのだ。

焔来はそれをしなくていいという。

「……うん」

ひどい衝撃を受けながら、八緒は頷《うなず》いた。

以前なら、もっと抵抗した。焰来のしっぽはどうしても自分が整えたかった。他の誰にもさわらせたくなかった。焰来がさせてくれなかったときには、泣いたことさえあった。

でも今は、そんなふうに強くねだることができない。——そんな権利はないような気がして。

「本当にだぞ。明日もその顔色だったら、寝床から出さないからな」

「わかったって」

顔を見せないよう、振り向かずに、八緒は答えた。

そしてそのまま湯殿をあとにした。


焰来にはそう言われたけれど、八緒は結局その日も遅くまで自室で勉強した。

疲れれば、揺りかごに眠る煌紀の寝顔を見ると癒《いや》された。煌紀はだいぶ育って完全に離乳食になったので、夜中に何度も授乳しなければならないということもなくなっていた。

（……どうせ焰来は来ないんだし……）

覚えが悪いぶん、真面目にやらなければと思ったし、どうしても焰来のことを考えてしまう気持ちを、少しでも逸らしたかった。疲れ果てて倒れるように眠らなければ、どうせ眠れない。

(……でも、そろそろ寝ないと、また顔色が悪いって言われるかな)

もう少しおさらいしておきたいところだけれど。

顔に何か塗ったらどうだろうか、とふと思いつく。顔色がごまかせるかもしれない。

(朝、侍女か乳母にでも頼んで……)

とは言っても、そろそろ空が遠く白みかけているのだが。

(こんなに勉強したこと、翰林院に通ってた頃もなかったな……)

むしろ入学する前には、必死で試験勉強をした。あのとき以来だ。

そのままでは合格しそうになかった八緒のために——八緒と一緒に翰林院に通うために、焔来は勉強を教えてくれた。厳しかったけど、やさしかった。よくできたときには、頭をミミごと撫でてくれた。

(……焔来……)

感触を思い出すと、泣きたくなる。

焔来は変わらずやさしいけれど、夜八緒の部屋へ渡ることはない。キスしたり、撫でたりしてくれることもない。

(……寂しい)

拒否してしまったのは自分だ。

今だって、もし焰来が手を伸ばしてきたら、やはりあの光景が目にちらついてしまうかもしれない。同じように拒んでしまわないとは限らない。

それでも、寂しい。

仔狐を産む前、神仔宮を逐われて鞍掛の実家に帰っていたとき以外、別々に寝たことなどほとんど一晩だってなかったのだ。懐妊中で行為ができなかったときだって、褥《しとね》だけはともにしていた。

でも今は。

焰来はもう八緒を抱きたいとは思わなくなってしまったのだろうか。

（たった一回、拒んだだけで……？）

（それとも）

脳裏に浮かんだ考えに、八緒は激しく頭を振った。阿紫と一緒にいるとは思いたくなかった。

なのにふたりが抱き合う幻は、なかなか脳裏を離れてはくれない。焰来のことも阿紫のことも恨めしくて、そう思ってしまう自分も嫌でたまらない。

（ここんとこ全部、抉って棄てたい）

きりきりと痛む胸に、八緒は着物の上から爪を立てた。

あれからずっと、苦しくて、苦しくて、たまらない。

なんでこんなふうになってしまったんだろう。焔来は本当に八緒より阿紫のほうが好きになってしまったんだろうか。

（どうして……？）

神仔宮妃としての出来が悪いから？　容姿が平凡だから？　長く一緒にいすぎて飽きたから……？

どれと言われても納得するしかない気がした。

それとも、それはそれとして、側室を娶ることを受け入れただけなのだろうか。

聞きたいけど、聞けないままだ。

八緒は組んだ両手に頭を伏せた。

音もなく、襖が開いたのは、そんなときだった。

「ほ……」

気配に顔を上げ、焔来……と、呼びかけたつもりが声にならなかった。

もう何日も渡ってこなかったのに、何故急に――幻を見ているんじゃないかと思った。

文机《ふづくえ》の前に座ったままの八緒を見下ろして、焔来もまた目を見開いていた。

「……まだ起きていたのか」

「あ……うん」

本来なら、勿論とっくに眠っているはずの時間だ。こんな時間になって、焔来は何をしに来たのかと思う。

「……どうせ眠れないし」

八緒は笑おうとしたが、焔来の顔は険しかった。

「俺は早く寝ろと言わなかったか」

「……ごめん、なさい……」

妃となったとはいえ、臣下であることには変わりがない。本来なら焔来の命令は絶対なのだ。

「こんなことではないかと来てみれば……」

焔来は深くため息をついた。

焔来は、八緒が言いつけどおりに眠っているかどうかをたしかめに来ただけだったのだ。八緒にふれるために来たわけではなくて。

八緒の胸に、また黒く渦巻くものがこみ上げる。落胆したというばかりではない、憎らしさも惨めさも混じった醜い気持ちだった。

「あまり根を詰めるなと以前から言っているだろう。何を聞いている?」

「うん……。……ただ……俺、出来がよくないから……」

「義母上に何か言われたのか」

「……ううん」

女院の叱責は当たり前のことだ。御妃教育の出来の悪さについて、特別なことを言われたわけではない。焔来に言いつける気はなかった。

焔来は八緒の傍に腰を下ろした。そして八緒の手から、羽ペンを取り上げる。

「あ……」

「もう寝ろ」

八緒自身、そろそろ切り上げるつもりだったのに、そう言われると反発を感じてしまう。

「でも、まだ……」

「徹夜するつもりか？　身体を壊したらどうする。ただでさえ、あまり丈夫ではないくせに」

「別にそんなことないと思うけど……。煌紀がお腹《なか》にいたとき以外は、体調を崩したことなんてほとんどなかったし」

「このまえ倒れただろう」

倒れた、と言われても、すぐにはなんのことかわからなかったほどだった。

（ああ、そうか……あれを見た日の）

焔来と阿紫の接吻を見た日、部屋で気を失っていたのを焔来に見つかったことがあった。ただうたた寝していただけだとごまかしたけれど、ごまかしきれてはいなかったのだろうか。

だがあれは体調のせいで倒れていたわけではない。事実を受け止めきれずに、動揺のあまり意識を保てなかっただけだと思うのだ。

それを口にすることはとてもできない八緒に、焔来はそれ見たことかという顔をする。

「……ここまで覚えたら寝るから」

「八緒」

「女院様に、少しでも認めてもらいたいんだ」

阿紫より劣っているとしても。

「気持ちはわかるが、身体を壊したらなんにもならないだろう。義母上はどうせいずれは認めてくれる。焦らなくてもいい」

「そりゃあ焔来は……」

もともと神仔宮に生まれつき、すべてにおいて優秀でもある。女院がいくら厳しくても、認めざるを得ないだろう。でも八緒は違う。

そんな愚痴を、八緒は呑み込む。優秀に生まれついていても、焔来だって女院に厳しくしつけられた時期もあれば、努力を重ねてきたことも知っているからだ。

(……だから俺だって)

頑張ろうとしているのに。

焔来はもしかしたら、八緒が認められないほうがいいと思っているのではないか？　そのほうが、阿紫を正妃にしやすくなるから？

そんな考えが頭を擡《もた》げかけ、八緒は慌てて否定した。焔来がそんな卑劣なことを考える男ではないということは、いくらなんでもわかっているからだ。ちらっと思ってしまっただけでも、自分の卑しさが恥ずかしい。

「……焔来は」

なのに、心が黒いもので満ちていくのを止められない。

「俺にはどうせできないと思ってる……？」

「まさか。違う」

「だったらどうして……」

翰林院に入るときは、八緒が試験に受かるようにつきっきりで勉強を見てくれた。なのに何故、今は邪魔をしようとするのか。

「おまえの身体を心配しているだけだ。この頃、ろくな顔色をしていない。……今だって」

その理由は、眠れていないからだ。横になってもどうせ眠れないなら、勉強していたほうが遥かにましだと思う。

（……焔来がいないから）

ひとりだと上手く眠れない。だからと言って、ふれられれば阿紫のことを思い出す。自分でもどうしたらいいかわからない。

そもそも焔来はもう八緒にふれようとはしなくなってしまった。

ずきずきと胸が痛む。

「八緒」

焔来が頬に手を伸ばしてくる気配がする。それを意識した途端、身体がびくりと硬直した。

焔来の手が止まる。

「……何もしないから、とにかく横になれ」

苦く焔来は言った。

自分の反応が、焔来を不快にさせたのだということはわかっていた。

にもかかわらず、何もしない、という言葉は、八緒を思いのほか打ちのめした。自分で拒んだくせに——それでも思わずにはいられない。

（焔来はもう、俺にふれたいとは思わないんだろうか？）

以前なら、焔来はこんなふうに簡単にあきらめたりはしなかったのに。

八緒は首を振った。

「八緒！」

途端に強く叱責される。

「いいから言うことを聞け！　おまえの主《あるじ》は俺だろう！」

「焔来ひとりで寝ればいいじゃん……！」

売り言葉に買い言葉——完全に焔来の命令に逆らってしまった。失敗したと思っても、後の祭りだった。

八緒も愕然としたが、焔来はそれ以上だったようだ。

怒らせたのが、痛いほど伝わってきた。焔来の背後に蒼《あお》い狐火が見える気がした。

「――俺がなんのために……！」

ふいに肩を摑まれたかと思うと、畳の上に押し倒された。

「焔来……っ」

焔来は八緒の強ばった身体にかまわず乱暴に帯を解き、着物をはだけた。布の破れる音が響く。

「や……」

焔来がふれてくれないのが寂しかった。なのに、実際に手を伸ばされれば心が拒絶する。自分でもどうにもならなかった。

「やだ、さわ……っ」

思わず押しのけようとした手をひとまとめに摑まれ、頭の上に固定された。

唇を塞がれる。ひさしぶりのその感触に、けれども八緒は酔うことができなかった。無理矢理侵入してきた焔来の舌に、思わず歯を立てそうになる。

それができなかったのは、焔来にはたとえどんなにわずかな傷であってもつけたくないと思う八緒の本能だ。

ただ押し戻そうとする舌を搦《から》めとられ、深く口づけられる。上顎《うわあご》の感じやすい部分をくすぐられれば、心では拒んでいるにもかかわらずぞくぞくした。

「んん……っ……」

顎を摑まれ、首を振ることさえゆるされない。唇の端を唾液《だえき》が伝った。それをようやく八緒の口内を蹂躙《じゅうりん》し尽くした焔来が舐め取る。

焔来の唇はそのまま喉を痛いほど吸い上げた。一カ所だけではなく、埋め尽くすようにあちこちを吸い、鎖骨には歯を立てられた。

「い……っ」

悲鳴をあげれば、そのあとを焔来は何度も舐めた。ちりっと痛みが走ったのは、皮膚が少し破れたのかもしれない。けれども焔来は、妖力でその傷を治癒してくれるつもりはないようだった。

じわりと腰に熱が凝《こご》りはじめる。

焔来のこの唇は、阿紫にも同じようにふれたのかもしれないのだ。それが嫌でたまらないのに、長いあいだ慣れ親しんだ身体を、八緒の肌はどうしても恋しがってしまう。

「焔来……焔来」

八緒は首を振り、身を捩《よじ》って逃れようとする。けれどもそれは無駄としか言いようがなかった。

「あ……ッ！」

乳首を舐《ねぶ》られ、八緒は声をあげた。ふれられる前から芯を持ちかけていたそこは、あっというまに硬く凝ってしまう。焔来は片方を舌で転がしながら、もう片方は指で緩く嬲《なぶ》りはじめた。

「あ……あ、や……っ、ああ……っ」

声が抑えきれない。乳首から下腹まで、直接神経が繋がっているかのようだった。自らが硬く屹立《きつりつ》していることが、見なくてもわかる。

「いや、やだ……ぁ……っ」

「うるさい」

そう言って焔来は八緒の唇を再び塞いだ。どんなに淫らに声をあげても、こんなふうにうるさがられたことなどこれまであっただろうか。

「んん……っ」

ようやく手を解放されたかと思うと、両乳首を強く抓《つね》られる。

「んん、あ、あ――っ」

その瞬間、八緒は簡単に昇りつめていた。腰が自然と浮き上がり、びくんびくんと身体が引《ひ》き攣《つ》る。

はあはあと喘《あえ》ぎながら薄く瞼を開けると、焔来は薄く笑みを浮かべていた。

「早いな」

「……っ……」

かっと頬が火照った。

焔来が渡らなくなってから、自分でもしていなかったからだ。しかたない。

幼い頃から焔来と同衾するようになっていた八緒には、もともと自慰の経験があまりない。しかも、もししようとすれば脳裏には焔来を思い描くしかなく、そうすれば同時に、どうしても阿紫のことを思い出してしまう。

それが嫌だった。

腹にざらりとした感触を覚え、はっと視線を落とせば、そこに飛んだ八緒のものを、焔来は舌で舐めとっていた。

「焔来……っっ」

彼にそんなことをさせるなんて。恥ずかしさと申し訳なさのようなものが突き上げ、八緒は狼狽《ろうばい》した。

けれども顔を上げた焔来は、どこか満足そうな表情をしている。

「濃いな」

という呟きに、八緒はますますいたたまれなくなった。

焔来はそのまま白濁を舐めながら、八緒の身体を下へたどり、また芯を持ちかけていた茎を口に含む。

「や、それ……っ」

これまでに何度でもされたことがある行為だが、未だに八緒は慣れない。主である焔来に、させてはならないことをさせている気持ちになるからだ。

だが、そうであるにもかかわらず、蕩《とろ》けるように気持ちがいい。

「ん……んん……ん……っ」

八緒は必死で、いやらしく喘《あえ》いでしまいそうになる唇を噛《か》んだ。

熱い咥内《こうない》で唾液を絡めて扱《しご》かれ、たまらなくなって腰が浮き上がる。すぐにでもまた達してしまいそうだった。

（もうだめ、……）

「あ、あぁ……！」

焔来の口に出してしまう、と思った瞬間、八緒は口淫から解放されていた。

けれどもよかった……と息をついたのも束《つか》の間《ま》、すぐに物足りなさに疼《うず》きはじめる。喘ぐような呼吸が止まらなかった。

すっかり八緒の下腹の汚れを舐め取ると、焔来は八緒の身体を折り曲げるようにして、今度は後ろの孔へ口をつけてくる。

「ひ、あ……！」

ざらりとした舌が中へ侵入してきて、その途端、肌が粟立った。続いて、何か流し込まれる感触がある。先程舐め取ったものを潤滑油として使うつもりなのだろう。何度も舌を出し入れされ、塗りつけられた。

ひさしぶりですっかり閉じていたそこが、長く馴染んだ快楽を思い出してひくつきはじめたのがわかる。

「あ……あ……っ」

舌で届かない奥を抉って欲しくてたまらなくて、張りつめた茎の先から、とろとろと蜜《みつ》が溢《あふ》れた。

「焔来……焔来……っ」

八緒は何度も名前を呼んだ。

何度も肌を重ねてきて、求めていることは焔来にも伝わっているはずなのに、彼は挿入しようとはしなかった。かわりに指でさらにそこを開いていく。

「……嫌なんだろう？」

「……っ……ふぁ……」

嫌だと思う気持ちが消えたわけではない。けれどもここまできてしまったら、欲望に逆らえない。

そして何より、嫌なばかりではないからだ。

焔来が阿紫にふれたかもしれないことが死ぬほど嫌で、嫌で——どうしても身体が拒否してしまうのに、彼がまた手を伸ばしてくれたことが嬉しくて、本能的な抵抗を抑えつけてでも犯して欲しい八緒もたしかにいるのだ。

焔来がまだ、自分を求めてくれることが嬉しい。

焔来の腕に抱かれることが嬉しい。

今でも……いつまでも焔来を愛している——憎くてたまらないくらいに。

「焔来……焔来」

「欲しいと言え」

焔来は低く命じてくる。

「俺が欲しいと言え」

けれども、それに応える言葉は、どうしても八緒の口からは出てこなかった。

焔来は小さく舌打ちし、自身をあてがってくる。

「——っ……！」

先端を含まされると、引き攣るような痛みが走った。ひさしぶりのうえに、潤滑油を使っていないからなのだろう。それでも切れたようすはなく、焔来は八緒の内壁をひろげて入ってきた。

「あ、あ、——」

体内を強くこすり上げて焔来が挿入《はい》ってきた瞬間、堪えきれずに八緒は再び昇りつめていた。声を殺そうと口を押さえた手を摑まれ、はがされる。

「あああ……っ……！」

絶頂感は長く続いた。

焔来はすっかり八緒の中に収まり、埋め尽くしている。

いっぱいになって苦しい。でも気持ちがいい。

その楔《くさび》の感触が、ひどく懐かしかった。八緒の中は勝手に蠕動《ぜんどう》し、焔来を食む。もっともっと少しでも深く導こうとする。

「あ、あ、そこ……っ」

奥をぐりぐりと抉られ、目の前が白くなるような快感が突き上げてきた。八緒は首を振った。感覚を少しでも散らしたかった。

「――いやらしいな」

詰るような言葉が突き刺さる。

「嫌がる割には吸いついてくるじゃないか」

（焔来……）

ぼろぼろと涙が溢れた。淫らな反応を抑えようとするけれど、身体は暴走して止めることができない。

「あ、あぁ、はぁ、ああ……！」

「ここだろう……？」

「ああ……っ」

腸壁の一番奥を抉られると、八緒の意志とは無関係にそこが強くひくつく。焔来の先端を断続的に咥え、搾り上げようとする。

「……っく」

薄く目を開けると、焔来の快感を堪える顔がある。いろっぽくて、神々しいまでに綺麗だと思う。

他の誰にも見せたくない。

(取られたくない)

それは叶《かな》わぬ願いなのだろうけれど。

4

「よ、焔来」

午前の終わりに、焔来の詰める表御座所《おもてござしょ》に、緑郎が姿を現した。

彼は九尾狐家の古くからの家臣である鞍掛家の三男であり、八緒の義兄でもある。……ということは、今は焔来の義兄ということでもあった。

「ひさしぶりだな」

「ああ。おまえ、帰っていたんだな」

「まーね」

焔来と同時に翰林院を卒院後、緑郎は海外に留学していたのだった。今回は書類上の問題で一時帰国ということらしい。

「ちょっと外に出てたあいだに、おまえに会うのも大変になったよな。いちいち侍従に謁見《えっけん》を申し出なきゃなんねーとか、さすが神仔宮っていうか」

「翰林院の頃にくらべればな」

もう同じ学校に通っている学生ではないのだから。

「夜に神仔宮に訪ねてくれれば、もっと簡単だと思うが。八緒もいるし」

「ばか、せっかく帰ってきてんのに、夜は夜でやることあんだよ」

「相変わらずだな」

交友関係は派手なようだ。焔来は吐息をついた。そういう無節操な生活態度は、焔来は好きではなかった。

とはいえ、昨夜自分のしでかしてしまったことを思えば、他《た》にんを悪く思えるような筋合いではないのだが。

「どうした？　暗い顔して」

と、緑郎は問いかけてきた。

「……別に」

また吐息が漏れる。

「なんだよ、八緒と喧嘩《けんか》でもした？」

そう聞かれ、焔来は咄嗟に、答えに詰まってしまった。

……喧嘩した、のだろうか。焔来はこれまで、あまりああいう——焔来の言うことに逆らう八緒を見たことがなかったのだ。

——焔来ひとりで寝ればいいじゃん……！

あの科白は焔来の怒りに火を点《つ》けた。

八緒が御妃教育の勉強で大変そうだから、少しでも負担を減らしてやりたかった。それに日々顔色が悪くなっていくのも気になっていた。だからできるだけ渡るのもやめて、休ませてやろうとしていたのに。

八緒は少しも休もうとしないばかりか、あの言いかたはないと思うのだ。

それでこちらも激昂《げっこう》してしまって。

黙り込む焔来に、緑郎はそれを肯定と取ったようだ。

「え、当たり？　まじで？　っていうかなんでだよ？　あんなに仲良かったのに」

矢継ぎ早に聞いてくる。

「……根を詰めるなと言ったんだ」

「根？」

「……」

この男に相談するのはひどく悔しい。何しろつい最近まで八緒との仲を誤解して、激しい嫉妬心《しっとしん》を向けていた相手なのだ。今でも八緒の彼に寄せる信頼を思うと、胸が灼《や》けることもあるくらいなのに。

しかも、もともと喋ることが得意ではない焔来は、どう話したらいいのか迷う。

だが、他に話し相手になりそうな適役がいない。

「……八緒は」

焔来は重い口を開いた。

「うん?」

「八緒は、今のままでも十分可愛いと思わないか?」

「はああっ!?」

その途端、緑郎は呆れ声をあげた。

「おまえねえ……そんな正面から俺に惚気《のろけ》られてもね? 俺、なんて答えればいいの」

それもそうだ、と焔来は思った。

この男が八緒を可愛いと答えれば不快だろうし、可愛くないと答えても、それはそれでいらつくだろう。そんなわけはないと思うからだ。

「……八緒はこの頃、俺のいないあいだに稲荷御所に出掛けて、義母上から御妃教育を受けている」

「ああ、らしいな。家で聞いた」

「義母上はああいうひとだし、八緒にずいぶんきついことを言ったりしているようだ。八緒は認めないがな。それで八緒は神仔宮へ戻ってからも、寝る間も惜しんでずいぶん頑張って勉強しているんだ。あいつが公務に同行したりするようになるまでにはまだ時間があるし、そんなに根を詰めなくてもいいと何度も言っているんだが、ちっとも聞きやしない。よほど義母上に絞られているんだろう」

「なるほど？」

「八緒をあまりいじめないようにと義母上にはそれとなく言ってみたりもしたんだが、改善されたようすはない。かといって、これ以上俺が口を出すと、八緒が悪く思われて、ますます厳しくされることになるだろうし……」

八緒が御妃教育で大変な目に遭っているのは、焔来と一緒になったからだ。焔来がどうしても八緒でなければ嫌だったから、八緒は神仔宮妃に……ある意味、させられてしまった。

もし焔来に嫁がなかったとしたら、あの可愛らしさだ。どこに嫁に行ったとしても、婿になったとしても、相手からも婚家からも可愛がられ、甘やかされてしあわせに生きられたに違いないのに。

八緒と一緒になったことを、焔来自身は欠片《かけら》も後悔していない。だが、そのためによけいな苦労を背負い込む羽目になった八緒のことは、哀《あわ》れに思わないでもないのだ。

「それで？」

と、緑郎は促してくる。

「八緒の可愛い話はどこに繋がるんだよ？」

「……だから、十分可愛いから、今のままでも十分民にも愛されるだろうし、多少不出来なところがあってもたいした問題ではないだろうと」

「……あー、そ」

再び緑郎は呆れ声を出す。呆れられるようなことを話しているつもりはないのに。

「容姿の可愛さだけを言っているわけではないぞ」

姿も可愛いが、やさしい性格から滲み出るやわらかさや素直さが愛らしいと思う。八緒なら神仔宮妃として、民を大切にすることも自然にできるはずだった。

「ああ、だろうよ」

だが、緑郎の相槌《あいづち》は、何故か投げやりになるばかりだ。

「義母上も、八緒のことを嫌いなはずはないんだが……」

「なんで？　一応、なさぬ仲だろう？」

「八緒を嫌うやつなんているわけがないだろう」

焔来がそう言うと、緑郎は何故か頭を抱えて深くため息をついた。

「まあそう言ってしまっては、八緒の努力に水を差すことになるだろうがな……」

「じゃあ御妃教育は不要って言いたいわけ？」

「必要なことではあるが……」

御妃教育には外向きのことばかりではなく、祭祀のことや、奥を束ねることなども含まれる。八緒の努力を、最初はできるだけ応援してやりたいと思っていたのだが。

「……そればかりに必死になって、もっと大事なことを見失って欲しくない。そもそも本格的に八緒が表に出る機会が増えるのは、ずっと先のことだ。そんなに急ぐ必要はないだろう。……稲荷御所の儀礼的な空気に馴染んで欲しくないと思うのは、俺の我儘なのかもしれないが……」

「ふーん」

緑郎から注がれる視線が少しだけ変わった。揶揄《からか》うようでいてどこかあたたかい。やや可哀想なものを見る目で見られている気さえするほどだった。

「ま、要するに犬も食わないってやつなんだろ？　一晩一緒に寝てじっくり話せば、仲直りできんじゃね？」

緑郎は軽く言った。

だが、その軽い科白に、焔来は打ちのめされる。つい昨日それを実行して――最悪のかたちで実行してしまったばかりだったからだ。

「……え？　何、どした？」

「……」

「やっても仲直りできなかったのかよ？」

「……そういうことじゃない」

と、思う。というか散々抱いたあと、気を失うように眠ってしまった八緒を起こさないまま出仕してきたのだ。

正直、今喧嘩している状態なのかどうかさえよくわからない。八緒は怒っているだろうかと思うと、顔を合わせるのが怖いくらいだった。

「んん?」

緑郎は首を傾げる。

「もしかして八緒に拒否られたとか?」

「……」

「えええ、まじで⁉　嘘だろ……⁉」

緑郎はひどく驚いたようだった。執務室の外にまで聞こえそうなほどの大声をあげる。いたたまれなくなるほどだった。

「あの八緒がおまえのこと拒否るなんて、あり得ねえだろ。おまえいったい何やったんだよっ……⁉　物凄い変態行為でも迫ったとか⁉」

「するわけないだろう」

してもそんなことでは八緒は怒らない……と思う……のだが。

(ただ、引かれはするかもしれない)

ふれるだけで固まってしまっていた八緒の身体を思い出すと、またため息が零れた。

「なんか思ったより根が深そうだなあ……」

緑郎の口調が変わった。

「何があったんだよ……？」

この男なりに、笑える話ではないと判断したのかもしれない。

正直なところ、弱みを晒《さら》したくはなかった。それでも促されて唇を開く気になったのは、やはり吐き出さずにはいられない限界まで来ていたからだったのだろうか。昨日のことだけでなく、もうずっと前から八緒とすれ違い続けていることを、焔来はどこかで感じていたのだ。

「……以前、俺たちはほとんど離れたことがなかったんだ。朝は八緒に起こされて一緒に翰林院へ通い、帰ってから眠るまでのあいだもほとんどずっと一緒だった。なのに結婚したらかえって離れている時間が増えて……なんというか……」

「寂しくなった？」

「……結局、そういうことなのかもしれない。……家に帰って八緒を見ると、離れていたぶんふれたい気持ちが抑えられなくなって」

「それで？」

「……」

つい、無理を強いてしまっていたのだと思う。八緒は受け入れてくれているように見えたけれども——実際、八緒は受け入れようとしてくれていたのだと思うけれども、日々の勉強で疲れ果てているところに毎夜情交を強要され続けて、実際には辛かったのだろう。

初めて拒否された日のがちがちに固まった八緒の身体を思い出すと、焔来は今でも自分の身まで凍る思いがした。

八緒は、怒ったわけではなかったと思うのだ。あのあとも焔来のしっぽを抱いて眠ったし、昨日までのあいだ、ずっとそれまでどおりに焔来の世話も焼いてくれていた。

「……なるほどねえ」

下手くそな説明だったが、察しのいい男はだいたいのところを理解したようだった。

「繰り返し無茶なことをして、八緒に嫌われた、と」

「……嫌われたわけではない」

と、思う。だが、嫌われていたらどうしようという恐れは、情けないがたしかに焔来の中に燻っている。

八緒はそれまで、一度だって焔来を拒否したことはなかったのだ。この場所ではだめ、今は時間がないからだめ——そういうことはあったが、口では何を言っても八緒は結局甘くて、強く押せばゆるされた。あんなふうにあからさまに拒絶で固まった姿を見せられたのは、初めてのことだった。御添い臥しのときでさえ、緊張からくる強ばりはあったものの、もっとずっと八緒の身体は焔来に向けて開かれていた。

「拒否られて、そのあとは？」

「……渡っていなかった」

「何日」

「……半月近くになるか」

「……。……それは……」

緑郎は一瞬、絶句した。

「八緒のほうが寂しがってんじゃねえの……!?」

「そうだろうか？」

「そりゃそうだろうよ……前はあんなにべったりだったんだから……」

口調が呆れを含んだものに戻る。

「なんでだよ？　一回拒否られたくらいで、だらしねえんじゃねーの？　俺なら気に入った仔は何度だって口説《くど》くけどな」

「……それは……」

今まではそうしていたのだ。場所がまずいだの時間がないだのと困る八緒を言葉と愛撫《あいぶ》で溶かしていくのが、焔来はむしろ好きだった。

「……そうなんだが……変わらず疲れてはいるようだったし……」

「渡ってみて、あんまり疲れてるようだったら、また日を改めればいいだけだろ？」

簡単に言ってくれる。

たしかにそうかもしれないが、八緒は一緒に寝るとき、焔来のしっぽを抱き締めて眠るのだ。しっぽはひとにとってとても敏感な場所である。好きな相手にふれられていれば煽られないわけがない。

「また無理に手を出してしまいそうで心配？」

「……」

「今のままでも十分可愛いから？」

緑郎はにやにやと笑う。

「……忘れろ」

改めて他《た》にんの口から聞かされればさすがに気恥ずかしく、焔来は言った。

正直、自制心に自信はなかった。八緒にまたひどいことをしてしまいそうで。

焔来は、八緒に嫌われたくなかった。

それに、もし手を出して、また拒まれたら。——そう思うと怖かったのかもしれない。

八緒に初めて拒否されたという事実は、焔来自身が自覚している以上に、焔来にとって重かったのかもしれなかった。自分にふれられて全身で拒絶していた八緒の身体の感触は、いつまでも焔来の中から消えなかった。

「……してもいい気持ちになったら、八緒のほうから誘ってくると思ったんだ。焦らずにそれを待とうと……」

今までだって、八緒から誘惑してきたことは何度もあったのだ。

「まあわからねーでもないけど」

と、緑郎は言った。

「そもそも、なんかおかしいと思わねえ？」

「おかしい？」

「あの八緒が、抱かれるのが体力的に辛いくらいでそんなふうにがちがちになるもんかねえ？」

「――……それは……そうでもなければ俺を止められないと思ったから……」

けれども考えてみれば、意識的に自分であんなにも頑《かたく》なに身を固くすることができるものなのだろうか。

「なんか違う理由があったんじゃねえの？」

と、緑郎は言った。

「違う理由……？」

その可能性に、焔来は思い至る。たしかに何かがおかしいような気は、彼にもしていたのだ。

自分はもしかしたら何かひどい思い違いをしていたのだろうか。そもそも最初に八緒が拒否したのは、本当に疲れていたからだけだったのかどうか？

「やっぱ八緒とちゃんと話すべきじゃね？」

そうしたい。だが話し合うと言っても……昨日はまるで話し合いにならなかったのに？

「……。会話が成り立たない」

「おまえ下手だもんなあ」

緑郎は笑った。

今までは、話をするのはもっぱら八緒の役割だったのだ。その八緒が黙り込むと、焔来には正直どうしたらいいかわからなかった。

だが昨日の通じなさは、頑なというだけでは説明がつかない気もする。その理由が、何かが根本的にすれ違っていたせいだったのだとしたら。

「ともかく、今夜にでも行ってやれば？」

緑郎は背中を押してくる。

「このまま一生抱かないつもりじゃねーんだろ？」

「まさか」

というか、昨日ついに八緒の部屋を訪れ、そのまま無理矢理犯してしまったところだ。そのことを告げると、

「おま、ばかじゃね……!?」

最大級に呆れ返られた。

「うるさい！　抱いて眠らせようと思ったんだ!!」

「なんでもいいから、今夜あやまってこい！」

「……っ」

言い様に腹は立つものの、まったく彼の言うことは正しい。吐息とともに、焔来は頷いた。

「……そうだな」

何が出てくるかはわからないが、とにかく話をしなければはじまらない。

緑郎は薄く笑った。

「俺もせっかく戻ってきたことだし、ひさしぶりに八緒に会いに行こうかな」

「そうしてやってくれ」

と、素直に言葉が出た。

「じゃ、俺そろそろ帰るわ。邪魔したな」

ひらひらと手を振って、緑郎が部屋を出ていく。

それと入れ違うようにして、侍従が訪れた。

「どうした？」

「女院様からの御言伝を承りました」

「なんだ」

「今日の帰りに花の間へ寄っていただきたいとのことです」

「今日……」

せっかく八緒の部屋へ渡ろうと思っていたのに。――まあいい、夜は長い。

「わかった。承知したと義母上にお返事してくれ」

と、焔来は答えた。

*

八緒が目を覚ましたとき、部屋に差し込む陽射しはすでに高かった。

(え……っ)

じわじわ記憶が戻ってくる。昨夜――というより明け方近くになるまで勉強していたら焔来が来て……。

(そうだ、焔来……)

本当にひさしぶりに焔来が来たのだ。

言いつけに背いて遅くまで勉強していたことを責められ、思わずまた逆らったら、さらに焔来を怒らせた。

(焔来……)

何度焰来を受け入れ、達《い》かされたのか覚えていないほどだった。

八緒は布団の中で、なかば無意識に自分の身体をたどった。今朝《けさ》がた、たしかに焰来がこの肌にふれたのだ。

抱かれることに激しい抵抗はあったし、嫌がってもやめてくれなくて怖かったが、どこかしあわせな感覚も残っているのが不思議だった。ばかみたいだと思うと、涙が滲んだ。

「――あ」

そしてようやくはっきりと覚醒したのはそのときだった。

(花の間に行かなきゃ……！)

御妃教育のはじまる時間はとっくに過ぎている。

八緒は飛び起きた。

体奥に鈍い痛みがあり、腰も重かったが、かまっている場合ではなかった。それでもひさしぶりにぐっすり眠ったせいなのかそれとも――妙に頭がすっきりしているのが気恥ずかしい。

立ち上がった瞬間、どろりと焰来の出したものが溢れてきたのも、ますます恥ずかしかった。

いくら急いでいてもそのまま稲荷御所に上がるわけにもいかず、湯殿へ飛び込もうとしたとき、小砂に気づかれた。

「お目覚めになられたのですか」

「う、うん……」

「そんなに慌てなくても、焔来様の御命令で、女院様のほうには体調不良でお休みさせていただくと届けてありますよ」

「え……」

「それに、起こさずに一日寝かせておくようにとの御命令も受けております」

誰も起こしてくれなかったのは、そのせいだったのか。

焔来なりに気遣ってくれたのだろう。無断欠席でなかったことにはほっとしたが、だからと言って、実際には元気なのに、こんな理由で欠席するわけにはいかない。また阿紫に後れを取るのも嫌だった。

小砂の制止も聞かずに、八緒はできるだけ急いで支度を整え、煌紀を抱いて稲荷御所へ向かった。

「――八緒」

そしていつものように花の間へ上がろうとすると、ふいに呼び止められた。振り向けば、女院が立っていた。

「どうしたのです。今日は休みではなかったのですか」

「申し訳ありません……！　もう大丈夫ですから！」

八緒は深く頭を下げた。

「と言っても、もう今日の講義は終わってしまいましたよ。阿紫殿もすでに帰しました」

それはそうだろう。慌てて来てしまったが、もう陽が傾きかけている。八緒はますますいたたまれなくなる。

「……申し訳ありません……」

八緒はそう繰り返すしかない。

女院は吐息をついた。

「まあよい。少しお話があります。こちらへいらっしゃい」

「……はい」

女院は侍女たちを外に控えさせ、八緒を伴って花の間へ入った。襖が閉まるのを見送り、彼女は唇を開く。

「講義のほうはいかがですか」

「……はい。……至らないことばかりで、申し訳なく思っております」

そのとおりだと思うのだろう。女院は頷いた。

「阿紫殿のことはどう思います」

その名前を聞いただけで、心臓がきゅっと締めつけられる。

「……とてもご聡明なかただと思います……。それにおやさしくて、お綺麗でいらっしゃいます……」

「焔来の側室としては?」

「……っ……」

八緒は息を呑んだ。

阿紫が側室――もしかしたら正妃候補かもしれないということは中臣に聞いていたけれども、はっきりと女院に問われるのは、これが初めてのことだった。

(……やっぱり、女院様は阿紫様を焔来の側室に迎えたいと思っておられたんだ……)

そのことは八緒に思いのほか打撃を与えた。もしかしたらあれは中臣の想像に過ぎず、女院には深い意図はない――そういう可能性もあるのではないかと、八緒はまだ微かに期待していたのかもしれなかった。

「焔来もすでに翰林院を卒院し、神仔宮として出仕するようになったことを思えば、後宮が八緒ひとりではいかにも心もとない。重臣たちからも多くの娘たちが推挙されてきているし、よい機会ではあるでしょう。阿紫殿とはしばらくともに学んでひと柄もわかったことだし、ひとりめとして申し分ないのではないですか」

「――……」

はい、と答えることが、八緒にはできなかった。

(……ひとりめ……)

女院は焔来に次々と姫君たちを入内させるつもりでいるのだろうか？

だが実際、神仔宮には側室がいるほうが当たり前なのだ。焔来の仔狐はたくさんいたほうがいいし、八緒がひとりで産める数は限られる。

答えられない八緒に、女院は重ねて問う。

「阿紫殿は、焔来の側室としてふさわしいと思いますか」

ひどい質問だ、と思う。そんなふうに聞かれたら、八緒は否定することができないのだ。すべてにおいて彼女は八緒より優れているからだ。

「……ふさわしい、かただと……思います」

（ああ……）

御妃とはこんなふうに自分の気持ちを閉じ込めなければならないものなのだろうか。

「では異議はないのですね」

「……はい」

そう答えるしかなかった。

けれども答えてすぐに後悔する。

「あの……っ、女院様……！」

これで本当に彼女は焔来の側室に——もしかしたら将来は正妃にさえなってしまうのかもしれない。

だが、焔来を他の誰かと共有することは、八緒には耐えがたいことだ。

「なんです」

「あの……阿紫様を、本当に、焔来の……」

「勿論、焔来の意見は聞きます。焔来が拒否すれば、入内させてもどうにもなりません」

焔来が拒否……するだろうか？

(彼女とキスしてたのに？)

もし彼が拒否してくれなかったら？

「神仔宮様がお見えになられました」

侍女が焔来の訪れを告げたのは、そのときだった。

続いて入ってきた焔来は、八緒を見てひどく驚いた顔をした。

「八緒……！　おまえはまた……！」

怒鳴られて、八緒はびくりと身を竦《すく》めた。

「寝ていろと言っただろう……！」

焔来が心配してくれたのはありがたいが、体調が悪いというより、寝不足のツケが回ったのと、荒淫のために寝過ごしたようなものだったのだ。そんなことで休むわけにはいかなかった。――とはいうものの、八緒にとって焔来の命令は絶対でもある。

「ご……ごめん、なさい。……」

でも、と言いかけるのと同時に、煌紀が腕の中で焔来を見上げ、ぐるると唸った。まだまるで怖くなどない可愛らしい姿だが、八緒を守るために父にさえ向かっていくのかと思うと、ひどく愛《いと》おしくなった。

煌紀を抱き締める八緒に、焔来は一瞬、ばつの悪そうな顔をする。昨夜八緒に強いた行為が、彼の脳裏にも過ぎったのかもしれない。

「お座りなさい、焔来」

焔来は平静を装おうとしてできないまま、女院の向かいに腰を下ろした。

「よく来ましたね」

「……何かお話があるとか」

「ええ」

侍女が茶を持ってきて、置いて出ていく。

「お話ししようと思っていたのは、阿紫殿のことです」

と、女院は言った。

「阿紫殿……？」

「おまえ、阿紫殿をどう思いますか？」

「……どう、とは」

「思ったままを言えばよろしい」

「……お美しいかただと思いますが……」

困惑を浮かべながら、焔来が答える。

（美しい……）

たしかに阿紫は美しい。八緒でもそう思う。

「阿紫殿を側室にという話が来ています」

「側室……？」

焔来は眉を寄せた。

彼にとって、阿紫は少なくとも接吻まで交わした相手であるはずだが、側室の話が出るのはこれが初めてなのだろうか。……ということは、あのときのキスは、女院に言われて側室に迎えることを受け入れたからというわけではなく、焔来が本心からしたくてしたキス、ということになる。

（……焔来はやっぱり、阿紫様のことが好きなんだ……）

八緒は爪が立つほど強く手を握り締めた。

「神仔宮に側室がいるのは当たり前のことです。さいわい煌紀という世継ぎにも恵まれましたが、仔は多いに越したことはありません。他にも候補はいますが、中でも阿紫殿のことは、父上の蓬川大臣から強く推されてもいるし、身分、容姿、能力ともに申し分ないと思います」

「待ってください、義母上……！」

焰来は女院の言葉を遮った。

「側室などと、私は――」

「嫌なら断れないわけではありませんが、ともかく検討はしなさい。八緒は了承していますよ」

「八緒が……⁉」

焰来が目を見開いて、八緒を振り向いた。

八緒は顔を背ける。曲がりなりにも承知したのは事実だったし、焰来が阿紫のことを好きなら、邪魔できる権利などない。

何より、焰来の顔を見たくなかった。

「どうします」

と、女院は重ねて問う。

押し殺したような声で、焰来は答えた。

「――考えてみます」

その答えに、八緒は激しく動揺した。

（焰来……‼）

いくら阿紫と口づけを交わしていようとも、彼女が神仔宮妃にふさわしくとも、焰来は断ってくれるのではないかと思っていた。

焔来は浮気などしない男だが、一時の気の迷いで阿紫と間違いを犯しただけだったのかもしれないとか、本当は八緒のことを今でも一番好きでいてくれるのではないかとか、たとえそうでなくても煌紀の親として、家族として、誰よりも大切に思っていてくれるのかもしれないとか——そんな希望があった。

やはりどこかで八緒は焔来のことを信じていたのだ。

でも違った。

焔来の心はもうとっくに阿紫に移っていたのだ。

そのことを思い知らされ、八緒はふわりと目の前の景色が遠のくのを感じた。


それからどうやって稲荷御所を辞したのか覚えていない。

気がつけば煌紀を抱いたまま、神仔宮の近くまで戻ってきていた。

けれども神仔宮を見た途端、八緒の脚はぴたりと止まってしまう。

(——帰りたくない)

そう思うのは、何度目だろうか。

だが、だからと言って、他に行くあてなどなかった。

(……どうしよう)

このまま桜の木にでもなって、ここに生えてしまいたい。匂いを振りまいて、焔来に阿紫の匂いがつくのを防ぎたい。

「……っ……えっ……っ……」

ぼろぼろと涙が零れた。それはいつまでも止まらず、やがて嗚咽《おえつ》になる。その声で目を覚ましたのか、煌紀が鳴きはじめた。

「……煌紀……」

八緒は仔狐を胸に抱き締める。この仔は八緒の気持ちがわかるのかもしれないと思う。ともに泣いてくれるやわらかなぬくもりは、八緒の心をやさしく癒してくれた。

「……八緒……?」

はしたなくしゃがみ込んだそのとき、ふいに懐かしい声に名前を呼ばれた。八緒ははっと顔を上げる。

「に……義兄《にい》さん……!?」

緑郎だった。

留学したと聞いていたのに、いつのまに帰ってきたのだろう。八緒は夢を見ているのではないかと思った。

「八緒……！　おまえこんなとこで何やって……」

けれども肩を抱いてくれる手はあたたかく、本物だとわかる。そう実感すると、さらに涙が溢れた。

「八緒……？」

「……っ……鞍掛に、帰りたい……っ」

しゃくり上げながら、ようやく口にする。

「……って言ったって、おまえ……」

「神仔宮にいたくない……！」

無茶を言っているのはわかっている。神仔宮妃が許可も得ず、簡単に里帰りなどしていいわけがない。

でも言わずにはいられなかった。

「八緒……！」

背後から、焔来の声がした。びくりと八緒の身体が固まる。緑郎が小さく舌打ちした。

「ったく、しょーがねえな……！　走れ！」

緑郎は八緒を立ち上がらせると、背を押して走り出した。

けれども仔狐を抱いて走る八緒より、焔来のほうが遥かに速い。あっというまに追いつかれそうになる。

（捕まってしまう……！）

でももしかして、ここで捕まってしまったほうが、むしろいいのではないだろうか。勝手に実家に帰るような無茶をして、これからどうなると言うんだろう。もしも焔来とのあいだに取り返しのつかない亀裂を生んでしまったら……？

そんな思いが胸を過ぎり、思わず振り向いた瞬間。

焔来の動きがふいに止まった。

（焔来……？）

彼は八緒を追うことをあきらめてしまったのだろうか。それにしては不自然な止まりかただった気もする。

それでも緑郎に促され、八緒は彼が乗ってきた鞍掛家の車へと飛び込んだ。

5

緑郎が帰国したから、里帰りの許可をもらったのだと養父母には嘘をつき、八緒は鞍掛に泊まることになった。

焰来には、とにかく一晩泊めると緑郎が文を書いてくれた。

焰来からは、

——明日には必ず帰せ

という返事が届いた。

とりあえず一晩猶予がもらえたことと、焰来にはまだ八緒を連れ戻す気があるのだということに、未練だと自嘲《じちょう》しながらも、八緒はほっとした。

鞍掛の義姉《あね》たちは最近次々と仔を産んでは里帰りしていたため、離乳食やおむつなどの仔どもの必需品がそろっているのがありがたかった。

「……八緒」

八緒は緑郎の部屋へ連れていかれた。

「何があったんだ？」

そう聞かれると、一度は止まっていた涙がまた溢れた。

「……っ……」

「八緒……」

緑郎が留学先から持ち帰った舶来のハンカチーフで涙を拭いてくれる。そのまま渡されて、八緒はそれで目許を押さえた。

「……焔来が」

ひくりとまたしゃくり上げる。

「焔来が、阿紫様を側室にするって……」

「はああっ⁉」

緑郎は大声をあげた。そしてはっと気づいたように声を潜《ひそ》める。

「阿紫って誰」

「……蓬川大臣の姫君」

「ああ……あのなんかやらかしそうな感じの……」

というのは、阿紫ではなく父親の大臣のことであるらしい。緑郎は多少の交流はあるようだった。

「……それどころか、正妃にするつもりかもって……」

「まさか。そんなこと、できるわけねーだろ。神仔宮妃にはもうおまえがなってるんだし、九尾の仔まで生まれてるのに」

「……でも、俺のときは儀式も一部略式だったし……。それに今のようなかたちで正妃を決めるようになったのは最近の話だから、またしきたりをもとに戻すこともできるのかも……」

「そういえば、昔は神仔宮が玉座について妃たちのひとりが立后するまで、神仔宮の正妃っていうのは決まってなかったってのは聞いたことあるけどな……」

緑郎は眉を寄せた。

「……俺がもし正妃じゃなくなったとしても、煌紀は大丈夫かな……？」

ずっと抱えてきた不安を、八緒はぶつけた。嫡仔の地位が安泰であって欲しいという以上に、政争に巻き込まれて欲しくなかった。

「……まあ、世継ぎの座を逐われるってことはないだろうよ。……生きたままではな」

その科白に、八緒はひっと息を呑んだ。そう——神仔宮の仔であるということは、それだけでも命を狙われる危険があるということなのだ。

「それにしても……おまえそんな話、誰に聞いたんだよ？　全部自分で思いついたわけじゃねーんだろ？」

「……先生が」

「先生？」

「御妃教育で、祭祀とかを教えてくれている中臣先生……。偉い神官の」

彼が教えてくれたのだと言うと、緑郎は考え込むような表情をする。

「へーえ。なんでわざわざおまえにそんな話、したのかねえ。どっちにしても正妃は勿論、側室だって、焔来が承知するとは思えねーけどな」

「……でも、した」

声に恨めしさが滲む。緑郎はため息をついた。

「本気で言ったわけじゃねーんじゃねえの？」

「焔来は滅多に冗談とか言わない。義兄さんも知ってるだろ」

「そりゃそうだけどな……。そもそもおまえら、なんでそんなこじれてんの。おまえ、焔来を拒否ったんだって？　なんで？」

「……っ……」

そう問いかけられた途端、また思い出して涙が零れた。

「ああ、もう！　泣くなって！」

そう言われても、止まらないものはどうしようもない。

「……阿紫様と、キスしてた」

八緒が絞り出すように答えると、緑郎はきょとんとした顔で問い返してきた。

「誰が？」

「焔来が」

「はあ？　まさか！」

「本当だってば……！」

「見間違いじゃねえの？」

八緒は首を振った。

「……顔を見た。焔来だった」

「いつ。どこで」

「……半月くらい前……神仔宮の庭で……」

はっきり顔を見ているうえに、九尾狐王家の警備は厳重だ。無関係なにん間《げん》が許可なく敷地内に入り込めるわけはなく、他《た》にんの空似《ぼ》はあり得ない。

「でもまさか……。あいつ、おまえにべた惚れだと思うぜ？」

……そうだったら嬉しいけれども。

「……でも……もともと焔来は阿紫様のようなひとが好きで……綺麗でおとなっぽくて妖艶な感じの……」

「は？？」

ひくりひくりとしゃくり上げながら話す八緒に、緑郎は狐につままれたような顔をする。

「それはないだろ……。なんでそう思うんだよ？　焔来が何か言ったとか？」

「何か言ったわけじゃないけど……」

「じゃあなんで」

「……昔、俺が御添い臥しに決まったとき、焔来は凄く不満そうだったんだ。……ふつうは、御添い臥しって俺みたいな男がやるもんじゃないし、もっと綺麗な、歳上のひとを期待してたみたいで……たぶん、阿紫様のような……」

阿紫は焔来より二つ上と聞く。ほどよくおとなの女性だと思われた。

「結局、俺の立場を考えてくれて、俺で我慢してくれることにはなったけど……」

そういうところ、焔来は下の者にもやさしいのだ。

だが、緑郎は困惑したような、複雑な顔で眉間に皺を寄せている。

「それは……違うだろ。おまえの御添い臥しに渋い顔したってんなら、妖艶な美女が好きだからじゃないと思うぜ」

「じゃあ、なんで？」

「そりゃ……御添い臥しってのは、ふつうは経験者にしか務められないものだからな。おまえが俺とできてるなんて言ったからだろ」

「そういえば……焔来は新枕の相手が他《た》にんとつきあってるのは嫌だって言ってた」

「って……おまえなあ」

緑郎は深いため息をついた。

「そうじゃなくて！」

「……？」

八緒は首を傾げるばかりだ。

だがあのとき焔来が八緒の御添い臥しを渋ったのが、八緒が好みから外れすぎているからという理由でなかったのなら、そのほうが嬉しい。

そう口にすれば、緑郎はさらに深く吐息をつく。

「なんか俺、ちょっと焔来が可哀想になってきたわ……」

「可哀想？　なんで？」

「……。なんででも」

彼は次第に面倒になってきたらしい。

「けど、なんかありそうだなあ……この話、ちょっと変だ。そもそも焔来が他の女とキスとかって、ねーわ」

「でも……っ」

たしかに見たのだと言おうとする八緒を、緑郎はひとさし指で止めた。

「ともかくな、明日には焔来が迎えに来るから、あいつとちゃんと話してみろ。あいつはちゃんとおまえのこと、好きだからさ」

そうだろうか。何を根拠に？　と思わないでもない。それでも八緒は頷いた。

「……うん」

頷くことができた、と言ってもいいかもしれない。

焔来が側室を受け入れたことも、阿紫とキスしていたことも、現実が変わったわけでもなんでもないけれども。

緑郎と話して、溜め込んでいたものを吐き出して、少し心が楽になったような気が、八緒にはしていた。


緑郎の一時帰国祝いの晩餐《ばんさん》が終わると、八緒は煌紀と一緒に風呂を使わせてもらい、以前のままに残してくれている自室に落ち着いた。

昔は鞍掛の家では半分くらい使用《しよう》にんのようだった八緒だが、実親が判明し、焔来と結婚してからは、けっこう下にも置かぬ扱いを受けている気がする。

——義理とはいえ、うちがまさか王仔様の外戚になるなんてねえ……！

という養母の現金さにはちょっと笑ってしまうが、なんと言っても棄て仔だった八緒を拾ってくれたひとたちだ。八緒は変わらず感謝していた。実親がわかった今でも、八緒にとって実家といえば鞍掛しかないと思える。

義姉妹やその仔どもたちは九尾の王仔をめずらしがって猫可愛がりし、よく遊んでくれたので、煌紀は入浴後あっというまに熟睡してしまった。

「ちょっと疲れさせちゃったかな……」

まるくなって眠っている煌紀の頭を撫でれば、ミミがぽかぽかとあたたかくなっている。

(俺ももう寝よう……)

勉強しようにも何も持ってきていないし、そもそもする意味があるのかどうかも疑問に思えて。

八緒は煌紀を抱いて布団に横たわった。

煌紀は眠ったまま、八緒の胸に前足の肉球を押しあて、交互ににぎにぎしはじめた。愛らしさに、つい小さく声を立てて笑ってしまう。

起きたのが昼だったせいか、すぐには眠れなかった。

(……忘れて眠りたいのに)

八緒は悶々《もんもん》と昼間あったこと、焔来のことや、緑郎に言われたことを考える。

(それにしても……ちょうど義兄さんが帰ってきてたなんて……)

このままずっといてくれればいいのに、と思う。

留学は貴族の子弟の進路としては王道と言ってもいいほどだが、やはり会えないのは寂しいものだ。

（本当は焔来も行きたかったんだろうな）

外国を見聞することは、次期王として役に立つし、興味もあっただろう。思いとどまったのは、たぶん八緒と煌紀のことを考えてくれたからだ。

（焔来……）

そんなことを思いながら、ようやくとろとろとしてきた頃のことだった。部屋の襖がすっと音もなく開いた。

（……？）

八緒は薄く瞼を開ける。

「……？　義兄さん……？」

緑郎は無言で部屋へ入ってきて、腕の中の煌紀を覗き込んだ。

何をしに来たのかと不思議に思いながら、八緒は身を起こそうとした。けれども何故だか起き上がることができない。

「……!?」

この感覚には覚えがあった。以前、焔来に術をかけられたときと、とてもよく似た感覚だった。違うのは、今回は声さえも出せないことだ。

緑郎にこんな術が使えるはずがないのに。それどころか、こんな術者がそうそういるはずがない。

（どうして……⁉）

彼は八緒の腕から煌紀を抱き上げ――というよりは、後ろ首を摑んでつまみ上げた。乱暴な行為に、八緒は息を呑んだ。

ひっ、という声なき声に、彼は八緒を見下ろして、にやりと笑った。

（……義兄……さん……？）

煌紀は目を覚まして足をばたばたさせていたが、彼は気にも留めていない。

（義兄さんはこんなことはしない……！）

顔も身体つきも、その空気感さえすべて緑郎なのに、彼は緑郎ではないのかもしれない――？

そう思った瞬間、すべての謎《なぞ》が解けたような気がした。

阿紫とキスしていたときの焔来のしっぽを、自分は見ただろうか……！

（……じゃあ、このひとは誰）

侵入者は、煌紀を摑んだまま、出ていこうとする。

（煌紀……‼）

叫んでも、声は出ないままだ。

（ま……待って……っ）

八緒は動かない身体をなんとか動かそうとした。このままでは煌紀がさらわれてしまう。

「……って……」

微かに声が出た。どうにか必死でうつぶせになり、這い寄ろうとする。だが、じわり、と爪の長さほどしか進めない。

「……」

そのまま立ち去ってしまいそうだった男が、ふと振り向いた。必死で追い縋ろうとする八緒と視線が合う。

彼は唇で嗤《わら》った。

「わずかとはいえ、動けるとは驚きだ。さすが猫又もどきと化しているだけのことはある。……妃殿下」

と、彼は言った。

緑郎はこんなふうには決して呼ばない。彼が緑郎ではないという確信は、ますます深まるばかりだ。

「私と一緒に来ますか」

と、彼は言った。

行かなければ、このまま煌紀だけを連れ去られてしまう。

ついていく以外の答えは、八緒にはなかった。

＊

「八緒は……⁉」

翌日、緑郎から八緒と煌紀がいなくなったと連絡を受けた焔来は、飛ぶような勢いで鞍掛に駆けつけた。

「八緒と煌紀は⁉」

もしかして見つかってはいないかと、着くや否《いな》や問いかけたが、緑郎は首を振るばかりだった。

「屋敷の中も庭も、隅々まで探したが、いなかった。それどころか、どこから出ていったかさえも……」

痕跡《こんせき》がないという。

「……自分で出ていったという可能性は？」

「巾着《きんちゃく》と根付が残っていたからな……」

考えにくいと緑郎は首を振った。

「いったいどういうことなんだ⁉」

焔来は声を荒らげずにはいられなかった。

「実家とはいえ、神仔宮妃を預かっておきながら……‼」

神仔宮の逆鱗《げきりん》にふれ、八緒の養父母は消え入らんばかりに平身低頭している。それを見下ろし、焔来は自分を律そうとした。

彼らを責めても八緒と煌紀が戻ってくるわけではない。こんなことをしている場合ではないのだ。

「――前にも侵入者に八緒が襲われたことがあったな。そもそもどういう警備をしているんだ、おまえたちは」

だが、抑えても抑えても、声に怒りが滲む。

「……本当に、謝って済むことじゃないが、申し訳ないと思っている」

緑郎も頭を下げた。八緒と煌紀は彼にとっても家族で、心配する気持ちは同じなのだろうに。

「だが、うちでもあれ以来、警備はできるかぎり強化しているんだ。神仔宮や稲荷御所ほどじゃないにしても、そう簡単に部外者が入れるわけはない」

「それならば何故……！」

「確信はないが……術者じゃないかと思う」

低く、緑郎は言った。

「術者……」

その答えを聞いた瞬間、焔来の脳裏に閃《ひらめ》いたことがあった。

昨日、神仔宮の庭から逃げ出そうとしていた八緒と緑郎を追っていたとき、ふいに動けなくなったことがあったのだ。

勿論、ほんの一瞬のことだった。

だが、焔来ほどの霊位を持つ者の動きを、一瞬の不意打ちといえども止められるのは、相当の術者でなければあり得ない。

そしてまた厳重警備をかいくぐって鞍掛邸に忍び込み、誰にも気づかれず、部屋を荒らすことさえなく、ふたりをさらうこともだ。

そんな術を操れる者とは誰なのか。

(誰ならば使える?)

焔来は激しく頭を巡らせた。

6

八緒が目を覚ましたのは、だだっ広い見知らぬ座敷だった。

「……っ、煌紀……‼」

仔狐のことが真っ先に頭に浮かび、八緒は飛び起きる。そしてすぐ傍に寝かされていることに気づいて胸を撫で下ろした。

(ちゃんと呼吸もしてる……)

八緒は煌紀を抱き締め、それから顔を覗き込んだ。

眠っているだけで、見たところ具合が悪いということはないようだ。乱暴に摑まれていた首の後ろにも、痣《あざ》などは見あたらなかった。

(よかった……)

ようやく落ち着いて、八緒は周囲を見回した。

(ここはどこ……?)

和室の真ん中に敷かれた布団。部屋の片側には襖、逆側はおそらく庭なのだろうか。障子越しに翳《かげ》りかけた陽射しを感じる。あれから少なくとも半日以上は過ぎているのだ。

煌紀を連れ去ろうとした暴漢に追い縋り、ついてきた。自動車に乗せられたところでまた術をかけられ、気がついたらここにいたのだ。場所など見当もつきはしない。

改めて考えてみれば、鞍掛に残って、犯《はん》にんが術者であることや、緑郎の姿を借りていたことなどの手がかりを焔来に伝えるべきだったのかもしれない。けれどもあのとき、さらわれようとする煌紀と離れることは、八緒にはどうしてもできなかった。

(焔来……ごめん)

焔来に迷惑をかけている。彼の仔を危険に晒している。素直に神仔宮に帰っていれば、こんなことにはならなかったのに。

(俺が浅はかだったから……！)

そのときふいに襖が開き、八緒ははっと顔を上げた。

「……お目覚めのようですね。妃殿下」

緑郎――いや、彼の姿をした別の男だった。それは八緒の中で確信に変わっている。

「あなたは誰なんです……⁉」

「まだおわかりにならないとは残念ですね。あなたの中の私の存在がその程度なのかと思うと、傷つきますよ」

八緒は眉を寄せた。

（……誰……？）

緑郎の輪郭が、ゆっくりとぼやけていく。白く溶け、そしてやがてその靄《もや》は別の姿をとりはじめた。

「……っ……」

八緒は息を呑んだ。

「先生……!!」

中臣だった。正装のせいか、講義や九尾狐家の庭で会っていた彼とは、まるで別じんのように恐ろしく見える。

「何をそんなに驚いているのです。姿を変えるのは、あなたの実のお母様にもできたことでしょう」

たしかにそうだが、それは命がけで、すべてを振り絞って成し遂げてくれたことだ。こんなふうに自在に姿を操れるなんて、尋常な霊力ではない。やってみようとしたこともないだろうが、焔来にさえできるのかどうか？

「先生が、どうしてこんなこと……っ」

「父に命じられたからですよ。あなたの……神仔宮の仔狐を始末するように、と」

「――……」

目の前がすうっと暗くなったような気がした。けれどもここで気を失っているわけにはいかない。

八緒はぎゅっと煌紀を抱き締めた。

そんな八緒を、中臣は冷笑した。

「そんなことをしても無意味だということが、わからないのですか？」

たとえ無意味でも、八緒はそうせずにはいられなかった。煌紀を庇《かば》い、なかば中臣に背を向ける。

「……何故この仔を狙うんですか……⁉」

「その仔がいる限り、神仔宮妃の座が挿げ替わることがないからです」

「――え……？」

「私の父と、阿紫様の父上が、手を組んでいるのですよ」

九尾の仔狐がいる限りは、その仔を産んだ八緒が神仔宮妃の地位を逐われることはない。だから、阿紫を正妃に据えるために、煌紀が邪魔になったということか。

「あなたが罪でも犯せば別かもしれませんけれどね。たとえば……不貞とか」

八緒が不貞を働くなど、それこそあり得ないことだった。だが、中臣が八緒に近づいてきたのは、八緒に道を誤らせるためだったのだろうか？

「そうですね……それも考えないではありませんでしたが……」

八緒の思考を読んだかのように、中臣は言った。

「もしも成功したとしても、私も一緒に処罰を受けることになる。神仔宮妃に手を出したとなれば、たとえ中臣家の者であっても、極刑もあり得ます。特に焔来様は容赦なさらないでしょう。それでは帳尻が合わない。……あなたに近づいたのは、ただ私があなたに惹かれたからですよ。どんな罰を受けてもいいと思えるくらいにね」

八緒は目を見開いた。

やさしい言葉をかけてもらった。落ち込んでいた八緒には、それがとても慰めになった。焔来からさえ滅多に言われたことのない、甘い言葉までもらった。

けれど彼が本当に心から八緒のことを思っているのなら、八緒の大切な仔狐の命を狙うことなどできるはずがない。

「……そんな、まさか」

信じられない、と八緒は首を振った。

中臣は唇で嗤った。その表情にはわずかに憂いを含んでいるようにも見えた。

「私は焔来様が……いや、焔来が羨ましいのですよ」

「え……?」

「同じように実母を早く亡くし、跡取りとして私は父に、焔来は祖父と義母に、厳しく儀礼的に、家の義務を第一に考えるように――私たちは、似たような育てられかたをしたのです。ただ、違っていたことが一つある」

あなたです、と中臣は言った。

「俺……？」

「そう……焔来にとってのあなたのように、誰よりも私を愛し、私のことだけを大切に思って、どんなことがあってもいつも傍にいる……そういうひとが私にもいたら。私はもっと違うにん間《げん》になれていたかもしれない」

……そうなのだろうか？

八緒はたしかに誰よりも焔来を愛し、焔来のことだけを大切に思って、どんなときもいつも傍にいた。そのことが焔来のじん格《かく》をかたちづくる一助になっていたのなら嬉しい。だけど。

「……もし俺がいなかったとしても、焔来は焔来です」

初めて出会ったときから、焔来はとても綺麗だったのだ。あの美しさは、ただ外見だけのものではなく、内側から滲み出る性質のよさ、それあってこその輝きだったのだと思う。中臣は幼い焔来のことを「機械のよう」と表現したけれど、八緒はそんなことは欠片も思わなかった。

「いいえ。あなたがいなければ、焔来は今の焔来ではなかった」

八緒は首を振った。

中臣の顔が歪《ゆが》む。同じ美しい顔であっても、焔来は決してこんな表情はしないと八緒は思った。

（とても怖いときもあるけど……でも、違う）

それにおそらく、中臣の父と、焔来の祖父や女院もまた違うのだ。彼らは厳しかったかもしれないけれど、息仔に罪もない仔どもを殺させようとしたりは決してしない。

八緒は、女院は本当は焔来のことも煌紀のことも、とても愛しているのかもしれないと密かに思っていた。彼女が八緒を毎日御妃教育に呼ぶのは、それをなかば口実として、煌紀の顔を見たいからなのではないだろうか？

「……先程、阿紫様の父上の蓬川氏と私の父が手を組んだと言いましたね」

「……」

「あれは表向きの理由に過ぎない」

「え……？」

「父の目的は、阿紫様を神仔宮妃にすること自体ではないのです」

八緒は眉を寄せた。そうでないなら、何故こんなことを企《たくら》むのか、八緒には想像できなかった。

「父の本当の目的は、九尾狐王家を断絶させること」

「断絶……!?」

「そう――しかし九尾狐家の血脈をすべて絶つ必要はありません。ただ九尾の仔さえ生まれなくなればいい」

（九尾の仔……）

八緒は思わず腕の中の煌紀を見下ろした。

「本当は、焔来を直接始末できれば簡単なのですけれどね。高い霊位と霊力を持つ彼に手を出すことは、私たちにも非常に難しい。そこで次善の策を取ることにした。……父が蓬川氏と手を組んだのは、阿紫様が正妃になっても、九尾の仔狐を産むことはどうせできないからなのですよ」

九尾の仔狐が生まれるためには、両親の片方が九尾であること、濃い血族婚であることは最低条件だ。それ以外の場合には、滅多に生まれることはない。阿紫にもおそらく産めないだろう。

煌紀にもしものことがあり、八緒も死んで、阿紫が神仔宮妃になるようなことがあれば、九尾の直系が絶えることもあり得るのだろうか。他にも焔来の血族はいるが、華恋の線は消えたし、既婚だったり年齢が離れていたり男性だったり、条件がいいとは言えない。蓬川氏と中臣一族のちからを合わせれば、阿紫以外の誰も入内させないことも可能なのかもしれない。

「九尾狐家が王家でいられるのは、九尾の仔が生まれる特別な家だからです。これがなくなれば、もはや玉座にいる意味はない。我が中臣一族が取って代わることさえ可能となるでしょう。それが父の計画です」

中臣の話の恐ろしさ、悍《おぞ》ましさに、八緒は全身の毛が逆立つような気がした。いっそう強く煌紀を抱き締める。

「だが、父を裏切ってもいい」

と、彼は言った。

「――え……？」

「仔狐を始末するのはやめてもいい」

「本当ですか……!?」

「ただし、条件があります。あなたが焔来を忘れ、このままこの結界の中で、死ぬまで私と暮らすならね」

八緒は瞠目した。

（ここで暮らす……）

彼の言葉を頭の中で繰り返す。ここで暮らせば、もう二度と焔来に会うことはできない。

……でも。

「……俺がここで暮らせば、煌紀は帰してくれますか……？」

心はずっと焔来のもの、忘れることなんてできないけれども。

「帰す……？」

だが、彼は言った。

「帰すとは言っていない。ただ、ここで三にんで暮らすのです。この結界の中には、たとえ父でさえ——勿論焔来も、入ってくることはできない。誰にも邪魔されることはありません。いずれ私の仔も生まれれば、仲の良い兄弟になるでしょう」

「あなたの仔……⁉」

「私はずっと父から、焔来に勝てと言われてきた。焔来からあなたを奪い、仔を産ませれば、一石二鳥だ。勝ったことにもなると思いませんか？」

「……っ……」

彼の——焔来ではない、他の男の仔を産む。

考えただけで鳥肌が立った。心は勿論、身体も全身で拒否しているのが自分でもわかった。

（だけど、拒否したら煌紀が……）

そもそも、選択肢などあるのだろうか？　霊力でも腕力でも中臣には敵《かな》わないのだ。

拒否すれば煌紀を殺される。おそらく八緒自身も無事では済まない。犯されて殺されるか、無理矢理仔を産まされるかもしれない。

中臣が近づいてくる。

腕の中で煌紀がシャーと威嚇した。

（ああ……そういえば）

煌紀は中臣に対して、最初からこうだったのだ……と、八緒は思い出していた。ただのひと見知りだと思っていたけれど、考えてみれば他の誰に対しても、煌紀がこんな態度をとったことはなかったのだ。

あのとき気がついていればと思っても、後の祭りだった。

八緒は煌紀を抱き締めたまま、無意識に後ずさる。

彼がまた一歩近づいてきた。

＊

八緒の部屋に残されていた巾着と根付をもとに、焔来は霊力で行方《ゆくえ》を追おうとした。

直前まで本《ほん》にんが手にしていた、特別に思い入れの深いものを媒介に痕跡をたどる——だが結局、手掛かりさえも得られないまま、力を消耗しただけに終わった。

(気配を完全に断たれている)

それもまた、犯《はん》にんの術者としての能力を物語るものだった。

焔来の脳内で、その男の像が絞り込まれていく。

「……あのさ」

と、緑郎がふいに口を開いた。

「おまえ、側室の話があるんだって？」

その瞬間、焔来の頭にかっと血が昇った。

「今そんな話をしている場合ではないだろう……‼」

叫んだ瞬間、部屋にあった花瓶が粉々に壊れた。緑郎は身を竦める。

側室をまるで承諾したかのような答えをしてしまったことは、焔来の中でも傷になっていた。あんなことを言わなければ、八緒は衝動のままに実家に帰ることもなく、連れ去られることもなかった。

九尾狐家の内にいるあいだは手も足も出せない八緒と煌紀をさらうため、敵は敷地の外にふたりが出る日を狙っていたのだ。自分たちはまんまとそれに引っかかってしまったというわけだ。

「いや、そうじゃなくて……！」

と、緑郎は続けようとする。

「何が言いたい？」

「おまえ、側室のこと、いつ初めて聞いた？」

「昨日だが、それがどうした」

「やっぱそうか……」

緑郎は考え込むような表情をする。

「八緒はその話、もっとずっと前から知ってたらしいぜ」

「――……」

緑郎の言葉に驚きながら、焔来はふと腑《ふ》に落ちたような気がした。

もしかしたらそのせいだったのだろうか、八緒がこのところ、どこかおかしかったのは。

（それなら何故俺に聞いてこない⁉）

いや……そういえばそんなことも言っていただろうか。

――……側室について、どう思う？

――どう、とは？

――側室を入れろって言われたら？

――何をばかな
焔来にとってはあり得ない話だった。だから一蹴したし、八緒もそれで納得したように見えた。疲れていたのは同じだっただろうに、その夜もふつうに、閨のことを拒否された覚えもない。

「知ってたというか……たぶん聞かされた？」

「義母上にか」

「先生だと言っていた。祭祀についての御妃教育を担当している、中臣先生だと」

「中臣……！」

その名は焔来の脳裏に浮かんでいたものと一致した。

古い神官の家柄だ。その直系なら、術者としてどれほど優れていたとしても不思議はない。

「繋がったな」

だが、証拠はない。

証拠なしに中臣のような身分のある家に踏み込むことはできないが、証拠を集めていたら間に合わないかもしれない。もしかしたら、もう……？

（いや……）

それならわざわざさらったりせずに、ここでそのまま始末することもできた。そうしなかったということは、少なくともすぐに殺すつもりではなかったということだ。――そう思いたかった。

彼はふたりをどこへ連れ去ったのだろう。屋敷だろうか。それともいくつもある別荘や別宅のどこかか。蓬川とつるんでいるのなら、蓬川家の屋敷ということも考えられた。

（虱《しらみ》つぶしに……いや、だが時間が）

もし間違った場所に踏み込めば、よそへ移されるか、それをきっかけにふたりが手にかけられてしまう可能性もある。

「どうする」

「……役所に、中臣と蓬川一族の屋敷や別荘の届けが出ているはずだな。全部集めて持って来い。俺は稲荷御所にいる」

「稲荷御所……⁉」

「死ぬ気で急げ」

緑郎に命じて、焔来は稲荷御所へ向かった。八緒と煌紀をたすけ出すためなら、どんなことでもするつもりだった。

*

八緒は褥の上をじりじりと後ずさり、手にふれた蕎麦殻《そばがら》の枕を摑んだ。それを思いきり中臣に投げつける。

けれどもそれは彼の前でぴたりと止まり、床へ落ちた。

中臣は表情も変えなかった。

攻撃しても効かないのだと見せつけられ、八緒はさらに蒼褪《あおざ》める。

「それがあなたの答えですか……?」

と、彼は言った。

「残念ですよ、妃殿下」

八緒は煌紀を抱いたまま立ち上がり、障子に飛びついて開けようとした。けれどもどれほど必死で爪を立てても、障子はびくともしなかった。

「結界が張ってあると言ったでしょう」

障子を背に立ち尽くす八緒に、ゆっくりと中臣が近づいてくる。

それと同時に、絶望が八緒の胸に迫った。

(焔来……焔来)

心の中で、何度も焔来の名を呼んだ。恐ろしさと嫌悪感で泣き出してしまいそうだった。

だが、泣いている場合ではない。

(煌紀を守らないと……!)

八緒以外に煌紀を守れる者は、ここにはいないのだ。

「わ……」

八緒は震える声を絞り出した。

「私があなたの言うことを聞けば、煌紀には手を出さないと約束してくれますか?」

「お約束しますよ。あなたが私の仔を産めば、煌紀は私の仔の兄弟になるのですからね」

その言葉にまたぞわりと肌が粟立つ。

「ああ、そういえば」

と、揶揄うように彼は言った。

「あなたも九尾狐王家の血を引いていたのでしたね。私も少しは同じ血の流れを汲《く》んではいるし、私たちの仔も九尾かもしれない」

それはほとんどあり得ないことだ。八緒は首を振った。

「まあ冗談はこれくらいにしておきましょう。——では、あなたの約束が本気であると、証明してもらいましょうか」

「証明……?」

「自分で着物を脱ぎ、裸になって、その褥に横たわってください」

八緒は息を呑んだ。

従者だった頃、風呂場で同僚たちと一緒になったことならあるが、それ以外で焔来でない男に肌を見せるのは初めてのことだった。

だが、こんなことで怯《ひる》んでどうなるだろう。

八緒は中臣に視線を据えたまま、ゆっくりと褥まで戻った。そして膝をつき、煌紀を傍に横たえる。

「立ちなさい」

どうせなら座って脱ぐほうがましに思えたが、命じられればどうしようもなかった。

八緒は立ち上がり、寝間着の細い帯に手をかける。それを解き、着物を肩から落としてしまえば、あとは襦袢《じゆばん》一枚だった。

「それもですよ」

と、中臣は促してきた。

襦袢のひもを解こうとする手が震え、なかなか上手くいかなかった。いっそこのままずっと解けなければいいのにと八緒は思ったが、それは無理な話だ。

「いつまでぐずぐずしているつもりです?」

いら立った声が降ってきたのと、ようやくひもが解けたのがほとんど同時だった。八緒は最後の一枚を脱ぎ落とした。

なかば無意識に、両手で身体を隠そうとする八緒を、舐め上げるようにじっくりと中臣は眺めた。

「……さすがにお美しい」

褒められても少しも嬉しいとは感じなかった。彼の言葉に慰めを感じたことがあるのが、まるで嘘のようだった。

八緒はそれを無視して、褥に横たわった。

もう、ここまで来たら、一刻も早く終わってくれることを祈るしかなかった。

（焔来……）

胸に彼の名を呼びながら、ぎゅっと目を閉じる。

（俺がもっとちゃんとしてれば……焔来のこと、信じていられたら、こんなことにはならなかったのに）

目尻から涙が零れ落ちる。

ぺたぺたとそこにふれる肉球の感触を覚え、瞼を開ければ、煌紀が何もわかっていないようすながら心配そうに、八緒の頬にふれていたのだった。

「煌紀……」

仔の父を裏切ろうとしている自分が情けなく、申し訳なくて、思わず煌紀に手を伸ばす。

その瞬間、中臣の手で煌紀が撥《は》ね飛ばされていた。

「煌紀……っ‼」

毛《け》ものらしく受け身は取ったものの、ころころと転がっていく煌紀に、八緒は駆け寄ろうとした。

けれども中臣に捕まり、腕を摑まれて、褥に縫い止められてしまう。

「いつまでやっているつもりです？」

「放してください……！　煌紀が……‼」

「あれくらいでは死にゃしませんよ。散々殴られた私が生きているのですからね」

「煌……っ」

ふいに声が出なくなった。また術をかけられたのだとわかった。

(煌紀……っ‼)

声も動きも縛られ、八緒は横を向いて煌紀のようすをたしかめることさえできなくなったのだ。

「目を逸らすことはゆるしません。私だけを見ていなさい」

八緒を見下ろして、中臣は言った。

「今度逸らしたら、約束は反故《ほご》にします」

(反故……!)

煌紀の命がかかっている。逆らうことなどできるわけがなかった。

術が解かれたのを感じたが、八緒は彼から視線を動かすことができなかった。

中臣は八緒の身体に手をすべらせる。

「輝くような綺麗な肌だ……さすが神仔宮妃だけのことはある」

そんなことを言われても、なんの実感もなくミミをすり抜ける。焔来の神々しいような裸体にくらべれば、八緒などただ白いだけなのに。

首を何度も撫でられ、絞められるかと思った。実際、絞めたかったのかもしれない。だが彼はそうせず、唇を這わせてきた。舐め上げられ、やわらかくざらついた感触に、八緒はぞわりと震えた。

「……っ……！」

強く歯を立てられ、息を詰める。中臣は満足そうに喉で笑った。彼はそのまま唇を下へ移し、鎖骨を嚙み、吸い上げる。

てのひらは胸を撫で、唇はやがて乳首へと到達した。

「ッ……‼」

途端に鋭い痛みが走った。嚙まれて、血が滲んだのではないかと思う。そこへちろちろと舌を這わされれば、ひどくじくじくした。

「……硬くなってきましたね」

「んん……っ」

気持ちよくてそうなっているわけではないと言いたかった。けれども口にして、彼の心を逆撫でするのは得策ではなかった。

中臣は執拗《しつよう》にそこを舐めまわしてくる。

(離して。もうやめて)

八緒は何度もそう思った。焰来しか知らない――焰来にしかふれられたことのない身体が穢されていくのが耐えがたかった。

でも、耐えるしかない。煌紀を守るためだ。

ようやく乳首を離れた手が、下へと下りていった。彼は八緒の薄い腹を何度も撫で、頬を押しあてた。

「ここで私の仔を孕《はら》むのですよ」

八緒の背筋にひどい悪寒が走った。このまま行為を続ければ、本当にそうなってしまうかもしれないのだ。

(嫌だ。嫌だ、焔来……!!)

心の中で必死に焔来の名を呼んでしまう。

中臣の手が、八緒の萎《な》えたままの中心にふれた。

「……っ!!」

「すぐに勃《た》たせてあげますよ」

彼は八緒の脚を抱え、そこへ顔を沈めてきた。口の中に含まれる生温《なまぬる》い感触に、八緒は鳥肌を立てた。

焔来にされるときは、申し訳ないような気持ちになるのと裏腹に、たまらない快楽に翻弄《ほんろう》されてしまう。なのに同じことをされているにもかかわらず、今の八緒はただ逃げずにいるだけで精いっぱいなのだ。

「うわっ……!!」

声をあげたのは、中臣のほうだった。

いつのまにかすぐ傍まで這ってきていた煌紀が、彼の脚に噛みついたからだ。

「煌紀……っ」

何もわからないなりに八緒を守ろうとしてくれたのだろう。そう察すると涙が零れそうになった。

だが中臣は容赦なく煌紀を蹴《け》り飛ばす。

「煌紀……っ‼」

叫んだ途端、顎を摑まれた。

「言ったはずですよ。目を逸らすことはゆるさないと」

「――……っ……」

中臣の手が、乱暴に後ろへと伸ばされた。窄《すぼ》まりにふれ、いら立ちのままに指先を強引に突き立てようとしてくる。

「ひっ……！」

痛みに悲鳴が零れた。

（焰来……‼）

八緒はまた、胸の中だけで彼の名を叫ぶ。

中臣がふいに顔を上げたのは、そのときだった。

（……？）

思わず閉ざしていた瞼を、八緒は開けた。中臣は何かの気配にミミを澄ましているかのように見えた。

「……来たか」

と、彼は呟いた。

(何が……?)

「ここまでたどり着くとは……しかも、こんなに早く」

低く続いた言葉に、八緒の胸に希望が射す。

(まさか……焔来がたすけに来てくれた……!?)

中臣が舌打ちし、身を起こした。

「ここでおとなしく待っていてください。残念ですが、先に片づけなければならないことができたようだ」

彼は八緒の上から降り、大股《おおまた》で部屋を出ていった。

襖が再びぴしゃりと閉ざされる。

「煌紀……っ!」

中臣の姿がなくなると、八緒は跳ね起きた。畳の隅にぐったりと横たわっている煌紀を抱き起こす。

「煌紀……!」

煌紀は銀杏《ぎんなん》のような目をぱちりと開き、小さな舌でぺろりと八緒の手を舐めた。どうやら命にかかわるようなことにはなっていないようだ。八緒はほっと胸を撫で下ろした。

そしてはっと気づく。

(今なら逃げられるかもしれない……！)

だとしたら、機会は一度きり。これが最初で最後だ。

八緒は寝間着を羽織り、帯を適当に結ぶと、再び煌紀を抱き上げた。

バーン！　と大きな音が鳴り響いたのは、それとほぼ同時だった。

(銃声……⁉)

その音は立て続けに聞こえた。

(焔来だ……！)

きっと焔来に違いない。八緒は咄嗟にそう思った。焔来が本当にたすけに来てくれたのだ。

(焔来……！)

焔来の許へ行こうと、八緒は障子へと駆け寄った。そして逸《はや》って引き手に手をかけたが、やはりぴくりともしない。結界は張られたままなのだ。

だが、最初に開けようとしてできなかったときとは、少し感触が違う気がした。

(……もしかしたら、緩んでるのかもしれない……？)

優れた術者とは言っても、おそらく能力には限界があるのだ。焔来に対抗するために外に張った結界に注力すれば、内は自然とおろそかになる。

八緒はいったん煌紀を畳に座らせ、引き手に片手を、もう片方の手の爪を障子のあいだに食い込ませて、思いきり引いてみる。

「……っく、……ッ」

だが簡単に開くわけがなかった。

(でも、今出られなかったら、もう二度と機会はないかもしれない)

焔来に会いたい。会って謝りたい。ちゃんと話をしたい。何よりここを出て、煌紀を守りたい。

「うぁっ……！」

障子に嚙ませた爪の先が折れ、ひどい痛みが走った。見ればなかば捲れて血が滲んでいたが、かまっている場合ではなかった。

再び手をかけ、思い切り力を込める。

みし、とわずかに隙間ができた。

(あ……！)

もう少し。……だが、それ以上はぴくともしない。

そのときふと、視界の下に、小さな白い手が映った。

(え……？)

八緒は瞠目した。

「ほ……焔来……？」

すぐ足許に、仔狐だった頃の焔来がいた。

何故焔来がここにいるのかと思う。

だが、それにしては少し変だった。

(焔来……じゃない)

髪も瞳も焔来のものと同じ色だ。けれどもどこかが違っていた。そしてこの仔は、初めて会った頃の焔来より、さらに小さい。

「煌紀……!!」

悲鳴のような声が漏れた。

「嘘……」

煌紀はまだ一歳になったばかりなのに。

いくら生まれながらに九本のしっぽを持ち、霊位もこのうえなく高いとはいえ、ふつうならこんなに早くひと型になるわけはない。少なくとも、二歳か、三歳にならなければ。

なのに煌紀はなったのだ。——八緒を、守るために。

「煌紀……」

ぼろぼろと涙が溢れた。煌紀の健気な思いが愛おしくて、そして自分が考えなしだったば

かりに、仔どもにこんなことまで強いてしまった申し訳なさで、胸が詰まる。

けれども泣いている場合ではないのだ。煌紀の思いを無駄にしてはならない。

八緒は涙を拭い、再び障子に手をかけた。

「せーの！」

かけ声とともに、ふたりで引き開ける。その直後、ばりばりという大きな音がして、ついに障子が開いた。

一瞬、その衝撃の大きさに、呆然とした。

「はは……凄い、凄いな、煌紀……！　やったあ！」

煌紀の両手を握って喜ぶ。煌紀の頬がわずかに染まった気がした。たまらなく可愛らしい姿だった。

だが急がなければならない。

八緒は煌紀を抱き上げ、そのまま裸足《はだし》で庭に下りた。

そろそろ日暮れが近い。あたりは薄暗く翳っていた。

八緒は建物をぐるりと回り、銃声がするほうへ向かう。屋敷は神社……神殿なのだろうか。どことなく変わったつくりだった。庭は荒れていて、石ころや枯れ木なども多く足の裏が痛かったが、気にならなかった。

やがて八緒は、正門の内側へとたどり着く。

その外側からは、ひとの話す声がした。焔来はこの門の外にいて、中臣と対峙《たいじ》しているのだ。

「無駄ですよ」

と、中臣の声が聞こえた。

「いくら撃っても弾《はじ》き返すだけです。ここは我が一族の社《やしろ》……。私のほうが遥かに有利だ」

自分たちの前に結界を張って、焔来たちの銃弾を弾き返しているらしい。

「八緒と煌紀を返せ……！」

「あのかたはもう私のもの。引かないのなら、こちらから撃ちます」

直後に発砲音がする。

焔来が撃たれたのではないかと八緒は気が気ではなかった。

焔来の許へ走っていきたいが、あいだには頑丈な門があるし、その向こうには中臣と、おそらく彼の雇っている警備隊もいる。彼が自分の正面に結界を張っているのなら、この門は物理的に閉ざされているだけで、術はかかっていないのではないかとは思うのだが――。

（……ということは、内側から物理的に壊せば壊れるんじゃ……？）

何か道具があれば。

八緒は、通ってきた途中に物置のようなものがあったことを思い出し、走って戻った。

さいわい小屋には鍵《かぎ》がかかっておらず、簡単に中に入ることができた。主に庭や建物の手入れをするための器具を入れてあるらしい。

（庭鋏《にわばさみ》、庭箒《にわぼうき》、桶《おけ》……こういうのじゃなくて……鍬《くわ》なら使えるかも？）

もう少し強力なものはないかと焦りながら物色する八緒の目に、ふいに飛び込んできたものがあった。

「あった、斧《おの》だ……！」

発見したものを手に、門へと戻る。

「……ちょっとだけ、このへんで待ってて」

煌紀を少し離れた庭石に座らせると、八緒は門に近づき、思いきり斧を振り下ろした。

ガツッ！　と音を立てて、切っ先が食い込む。

「もう一回……！」

再度振り下ろせば、板に裂け目ができた。そこを狙って三度目を叩きつける。

「妃殿下……!?」

「八緒……!?」

門の向こうが見えた。

すぐ傍に、警備兵と中臣がいた。そして石段の下に、警官隊を連れた焔来が対峙している。

不利な形勢だと言うことは、八緒にもわかった。

「結界を抜け出してくるとは……」

中臣が手を伸ばしてくる。

(……もしかして)

彼の場合、ひとの動きを止める術は、相手にふれなければかけられないのではないか?

そんな気がした。そういえば、彼に何度か術をかけられたときは、必ず身体のどこかにふれられていたのだ。

八緒は彼の手を避け、渾身《こんしん》の力で斧を振り下ろした。

中臣は紙一重で避ける。

ふいに、張りつめていたものが、揺らぐ感じがした。——この感じは前にも覚えがある。

結界が弱まる感覚だ。

「焔来ぁっ、早く……‼」

「八緒、伏せろ……‼」

八緒は敷居の内側に伏せた。

直後銃声が響き渡る。視線だけを上げて窺えば、中臣の警備兵たちがばたばたと倒れていた。

中臣が舌打ちし、門を越えて八緒へ駆け寄ってきた。

(ひと質《じち》にされる……!)

それだけは絶対にだめだ。逃げなければ、と八緒は身を起こそうとした。

その瞬間、ばちっと何かが裂けるような音がした。

八緒は中空を見上げ、呆然とした。

中臣の身体が、ぱっと散ったからだ。

（……八つ……裂き……）

そして溶けるように消えていく。

そういう術があることは知っていた。けれどこの目で見たのは当然これが初めてのことだった。

——……妃殿下……

中臣の声が、ミミの奥に直接響いた。

ひどい目に遭わされたにもかかわらず、それが聞こえた途端、ふいに涙が零れた。

（先生……）

やさしくしてくれたこともあったのに、何故こんなことになってしまったのだろう。

あれもすべて計画のうちだったのだとわかっていても、八緒はそう思わずにはいられなかった。

「八緒……っ‼」

焔来が石段を駆け上がってきた。

「無事でよかった……」

焔来に抱き締められ、その体温を感じた瞬間、さらに堰《せき》を切ったように涙が溢れ出した。八緒は焔来の服をぎゅっと握り締め、泣きながら胸に頭を埋めた。

「ほ……焔来、ごめん。ごめん……！」

「何を言っている……‼　謝るのは俺のほうだ」

八緒のほうこそ何を言っているのかわからなかった。八緒は首を振った。焔来を信じられなくて、軽率な行動をとったのは自分だ。

「……悪かった」

と、焔来は言った。

「……こんなふうに、苦労させることになるだろうと思っていた」

八緒は再び激しく首を振った。焔来と一緒になるということは、神仔宮妃になるということだ。それに頷いたとき、どんな苦労も受け入れると決めた。自分がする苦労なんてどうだってよかった。焔来の傍にいられるのなら、どんなことにも耐えられる。

ただ、

「こ……煌紀が……」

座らせておいた庭石のほうへ視線を向ける。焔来がそれを追い、目を見張るのがわかった。

「煌紀……か……？」

すぐには信じられないのも無理はない。

八緒は頷いた。

「こんなに早く、ひと型になるなんて……」

こんな幼い仔にどれほど負担をかけてしまったのかと思う。

焔来は煌紀に歩み寄り、ふわりと高く抱き上げた。そしてそのあどけない顔を見上げて言った。

「お母さんを守ってくれたんだな。……ありがとう」

その言葉を聞いた途端、また涙が溢れた。

7

自動車に揺られるうちに、よほど疲れていたのか焔来が先に眠ってしまい、彼の肩に凭れて、つられるように八緒も眠った。

目が覚めたときには知らない場所にいて、傍には焔来が座っていた。

「……ここは？」

「九尾狐家の離宮だ。神仔宮まで戻るには遅かったからな」

「そっか……初めて来た」

「俺も覚えている限りは初めてだ。父上が生きていた頃には、何度か来たこともあるらしいが……」

それでも埃《ほこり》一つないほどに整えられているのは、管理《かんり》にんがきちんと管理してくれているからだろう。

「……煌紀は？」

「離乳食を食べたあと眠っている。ここの管理にんの妻が見ているから、心配ない」

焔来は八緒の頬にそっとふれた。

「……大丈夫か？」

「俺は平気。……焔来こそ」

「俺？」

「疲れただろ……？」

神仔宮からここまで移動するだけでも大変なのに、八緒と煌紀をたすけるために、どれほどの霊力を使ったことだろう。車の中で居眠りなんて、ふだんの焔来ならあり得ないことだ。

「俺も少し寝たからな」

「……あそこにいるって、どうやってわかったの」

王都からも離れた、中臣の所有する中でもほとんど廃墟のような神殿だったのに。

「神器を使って地図を透視した」

焔来はさらりと答えた。できるだけさりげなく口にしたつもりだったのだろうが、八緒はミミを疑わずにはいられなかった。

神器には遥かな霊力が湛《たた》えられていると聞くが、稲荷御所の奥深くに祭られ、たとえ九尾狐王でさえ、多くは生涯目にすることもないほどの貴重なものなのだ。

それを自分のために使ったなんて。

「そ……そんなことまで……」

眩暈がした。

「何を言っている。おまえは自分が神仔宮妃だという自覚があるのか？」

「いや、ま、そうなんだけど……っ」

それに煌紀がいる。九尾狐王家の直系——今のところ焔来の唯一の嫡仔だ。八緒というより煌紀を守るためなら、神器を使うこともゆるされてしかるべきだったのかもしれない。

そう思って心を落ち着けようとする八緒に、焔来は続けた。

「煌紀がいなくても……おまえがただの侍従だったとしても、同じことをしたけどな」

「——……」

焔来にそこまで言ってもらって、嬉しくないわけない。勿論嬉しいが——それ以上に血の気が引いた。

焔来が滅多に冗談を言わない男だけに、本気だということがわかるからだ。

まず許可されることはないだろうが、ただの侍従ひとりのためにそんな無茶をしようとしたとしたら、焔来がどれほど批判されることになったかわからない。

神仔宮妃でよかった……と、八緒は思った。ただ焔来の傍にいたいだけで、身分は正直荷が重いばかりだったけど、初めてこの立場に感謝したと言ってもよかったかもしれない。

「そんなことより……八緒」

焔来の心配そうな視線は、八緒の喉のあたりに注がれていた。

何、と八緒は首を傾げた。

「……八緒……おまえ、あの男に……？」

八緒はようやくはっとした。もう今さら無駄なのに、飛び起きて、慌てて襟を掻き合わせる。

「……怒らない。おまえが生きて戻っただけで十分だ。……だから、正直に言え。……もし、おまえが他の男の仔を孕んでも」

彼の言葉の途中で、八緒は反射的に激しく首を振った。

「八緒」

「ない、それはないから……‼」

考えただけでも鳥肌が立ち、八緒は強く否定した。

(でも……焔来はそれでもいいって言ってくれた)

ほとんど潔癖症と言ってもいいほどの焔来にそう言わせてしまったことが申し訳なく、そして嬉しかった。

そう——焔来は煌紀のときも、もし猫のミミがついていたとしても、八緒の仔なら自分の仔として愛せる、とまで言ってくれたのだ。

「……ただ、ちょっとだけ……さわられた」

言いたくはないけれども、焔来の誠意に応えなければならないと思う。

「……ごめん、焔来」

「……おまえが悪いわけじゃないと言っているだろう。——正直、あいつには今でも腸《はらわた》が煮えくり返っているがな」

死をもって償わせた今となっても。

「……」

八緒の瞼に、空中で霧散した中臣の姿が浮かんだ。そのことは、焔来にも伝わったのだろう。

「……引いたか」

と、彼は問いかけてきた。八緒は首を振った。

恐ろしかった。

それはたしかだが、焔来が八緒のために——八緒と煌紀を守るためにしてくれたことだ。もしもあそこで八緒がまたひと質に取られていたら、八緒は勿論、煌紀の身だってどうなっていたかわからなかったのだ。強力な術者同士の争いになって、手加減ができた状態ではなかったことも察していた。

「……たすけてくれて、ありがとう」

焔来はぎゅっと八緒を抱き締め、頭をミミごと撫でてくれた。八緒もまたその背に腕を回す。他の男に弄りまわされた身体でも、かまわずふれてくれるのが嬉しかった。

「……あいつは、おまえのことが好きだったのか？」

「そんなふうに言ってはいたけど……どっちかといえば、焔来への対抗心みたいなものだったのかもしれない」

――焔来にとってのあなたのように、誰よりも私を愛し、私のことだけを大切に思って、どんなことがあってもいつも傍にいる……そういうひとが私にもいたら。私はもっと違うにん間《げん》になれていたかもしれない
中臣はそう言っていた。

「同じような育てられかたをしたはずなのに、自分には俺みたいな従者がいなかったって……」

「……そうか」

そうだな……と、焔来はひとりごとのように呟いた。

「たしかに、俺も厳しく育てられたな。あいつと似たような環境だったのかもしれない。次の九尾狐王として誰よりも優れていろと言われ、禁止されていることだらけだったし、儀礼やしきたり、義務……くだらないと思うことも多かった。神仔宮であることは、鬱陶《うっとう》しいことだらけだった」

すべてを完璧にこなしてきた焔来の中に、そんな思いがあったなんて。そのことに――そして気づかなかった自分に、八緒は衝撃を受けた。ずっと傍にいたのに、焔来をまるで理解

できていなかったのだろうか。

「……だが、俺にはどんなときでもおまえがいた。嘘偽りのない心で、素直に好意を伝えてくれた。一生懸命俺のあとをついてこようとするおまえが可愛くて、守ってやりたいと思っていた。だから俺は自分を保ってこられたんだ。もしもおまえがいなかったら……俺は本当に、あいつのようになっていたのかもな」

「焔来……」

じわりと涙が滲んだ。自分がそれほど焔来にとって重要な存在だったとはにわかに信じられなかったけれど、それでもそう言ってもらえて嬉しかった。少しでも焔来の支えになれた部分があるのなら。

「まあ、どんくさかったけどな」

照れ隠しのようにつけたす焔来に、八緒はちょっと笑った。

「八緒」

もう一つ、たしかめておきたいことがあるんだが、と焔来は言った。

「……何？」

八緒は顔を上げ、問い返す。焔来は続けた。

「おまえ、本当に俺に側室を入れることを承知したのか」

ふいを突かれ、八緒は息を呑んだ。

「……あれは」

「いいのか」

焔来は重ねて聞いてくる。

「……っ……」

いい、わけがなかった。素直に受け入れられたなら、あんなふうに神仔宮を飛び出したりしていない。

そんな気持ちを、本当は認めてはいけないのではないかと思いながらも、八緒は首を振った。

「……ただ、止める権利はないと思って……っ」

神仔宮妃としては、側室は拒否するべきではないのだ。

「でも焔来だって承知したじゃん……！」

「してない‼」

焔来は間髪容《い》れずに答えた。

「売り言葉に買い言葉で『考える』と言っただけだ‼　……おまえが、承知したなどと言うから……」

「……ほんとにそれだけ？」

「ああ。はっきり言っておく。俺は側室を迎える気はない。たとえおまえが承知したとしてもだ」

「焔来……」

「そもそも、俺がそういうのを好む男じゃないことを、おまえは知っているだろう」

「し……知ってる」

知ってるけど。

「おまえがこのところずっと変だったのは、側室を受け入れるように言われたからだったのか？」

「……」

「俺のことが信じられなかったのか」

（……焔来のことは信じてるけど）

側室など欲しがる男ではないことは。

「……焔来は、九尾狐家にとって側室を入れたほうがいいって状況になって、女院様に勧められても、拒否できる？」

「どういう状況だ、それは」

「どういう状況でも」

直系の九尾の仔を増やすためでも、政治的な状況でも、考えられることはいろいろある。

具体性を欠いた問いかけだったにもかかわらず、焔来ははっきりと答えてくれた。

「たとえそうなっても、俺にはおまえだけいればいい」

「……っ……」

神仔宮妃としては、いけないことなのかもしれない。けれども八緒は、そんな焔来の言葉を嬉しいと思わずにはいられなかった。

「……焔来が、……キスしてるのを見て」

「キス⁉」

ひくりとしゃくり上げながら八緒が言うと、焔来は大きな声をあげた。本気で驚いているのがわかる。

「誰と⁉」

「……阿紫様と」

「阿紫……義母上が側室にしろと言った女性か？」

「……うん。……それを見て、焔来が阿紫様を好きになったんじゃないかと思ったんだ」

「濡《ぬ》れ衣《ぎぬ》だ！」

と、焔来は言った。

「だけど焔来、阿紫様と会ったこと言わなかったし」

「たいして重要だと思わなかったからだ‼　義母上に引き合わされて、稲荷御所で何度か会ったが、見合いのようなものだとさえそのときは気づいてなかった。昨日側室の話をされて、ようやく意味がわかったくらいだったんだ。ましてやキスなどと……！」

焔来の鈍さが、今となっては可笑《おか》しい。

焔来が阿紫の匂いを微かに纏《まと》って帰ってきたときも、そうして女院の許で会っただけだったのだろう。香が強く、身体に移っただけで。

「うん……今はわかってる」

八緒が見たのは、焔来ではなかったのだ。

「……あれは焔来じゃなくて、先生が化けてたんだと思う」

「化ける……？　変化《へんげ》していたっていうのか？」

八緒は頷いた。焔来もひどく驚いたようだった。いくら霊位の高い術者でも、そう簡単に操れるような術ではないからだ。

「しっぽが……」

「しっぽ？」

あの夜、焔来の顔は見たけれども、しっぽは木々に隠れて見えなかったのだ。中臣の術は巧みで、顔も身体つきも纏う雰囲気も焔来そのものだったけれど、おそらくしっぽの数だけは真似ることができなかったのだ。

「鞍掛の家からさらわれたとき、わかったんだ。煌紀と自分の部屋で寝ていたら、義兄さんが来て……」

「緑郎が？」

「でも違った。義兄さんじゃなかった。見た目は本当にそっくりで、最初は本当に義兄さんだと思ったけど……。煌紀の首を摑んで吊り下げたり、義兄さんなら絶対にしないことをして、言わないことを言って……」

おそらく、鞍掛邸内に侵入して自由に動き回り、もし誰かに見られてもごまかせるように化けていたのだと思う。

「そのときわかったんだ。阿紫様とキスしてたのも、焔来じゃなかったんだって。先生が化けていただけだったんだって……！」

ごめん、と八緒は呟いた。

「……ごめん。何を見たって焔来のこと信じて、ちゃんと聞いてみればよかった」

そうしたら、こんなことにはならなかった。

「いや……それはさすがに……そんなことができるやつがいるとは、思いつかなくてもしかたがないだろうが……」

焔来もまだ困惑気味のようだった。

「それでも、ちゃんと聞いて欲しかったけどな」

「……ごめん。俺、自信がなくて……。御妃教育でも阿紫様よりずっと出来が悪かったし、やっぱり阿紫様みたいな妖艶な美《び》じんのほうが焔来の好みなんだと思って……」

「はあ？」

焔来は声をあげた。

「何を言っている。俺の好みは……とにかくそういうんじゃないことぐらい、わかるだろう！」

「じゃあどういうの？」

「……っ」

八緒は素で聞いたが、焔来はかっと赤くなった。めずらしい姿に、八緒は瞠目する。

「……こういうのだ、ばか」

焔来は八緒の額に自分の額をぶつけてきた。今度は八緒のほうが赤くなる番だった。

「……というか、好みなど自覚しないうちに、おまえを好きになったからな。正直、よくわからない」

八緒は目を見開いた。

「……いつのまに？」

「……ずっと幼い頃だ。十五夜の夜に会って……たぶん、おまえの手が頬にふれたとき」

仏頂面で焔来は答える。八緒は驚いて、声も出なかった。

（そんな、昔から……？　……してるうちに情が移ったんじゃなくて……？）

とても信じられなかった。

「で……でも焔来、……俺が御添い臥しに決まったとき、凄く嫌がってなかった……？」

「別に嫌がってなどいない」

「嘘……！　何故おまえなんだ、って言った！」

——何故、おまえが？

そう言ったときの焔来の顔は凄く怖かった。八緒はそこまで嫌なのかとひどく傷ついたのだ。

「あれは……！」

そこで詰まる焔来を、八緒はじっと見上げる。焔来は目を逸らした。

「……おまえが他の男と寝たと思ったからだ……！　御添い臥しとはそういうものだろう。——まったくばかばかしい！　緑郎に聞くまで、ずっとあいつと恋《こい》びと同士だったんだと思い込んで嫉妬してたんだからな……！」

八緒は目をまるくした。

「……義兄さんに、嫉妬……？」

「それに気づかないおまえもどうかしていると思うがな！」

自棄《やけ》のように焔来は叫んだ。

言われてみれば、何故焔来の緑郎に対する当たりがいつもきついのだろうとは思っていただろうか。

八緒は呆然と呟く。

「……俺が全然綺麗じゃないからかと思ってた……」

それとも、他の男とつきあっている相手と寝るのが汚いからかと。

「ばか」

焔来の憮然《ぶぜん》とした科白を聞いた途端、笑いがこみ上げてきた。

「ふ、ふふ、ふふ」

笑ってはいけないと思ったが、抑えることができなかった。次第に声が大きくなってしまう。最初はそんな八緒を苦虫を噛みつぶしたような顔で見ていた焔来も、ついには一緒になって笑い出した。

「ははは」

「——おまえ、その、キスを見たからだったのか。俺に抱かれるのを嫌がったのは」

「……う、うん……」

誤解だとわかった今となっては、認めるのはひどく気恥ずかしい。

「拒んだりしたらよけい気持ちが離れるかもしれないって……キスくらいたいしたことないって思おうとしたけど、どうしてもだめだった。ずっと俺だけの焔来だったのに、他のひとにふれたんだって思ったら」

耐えがたいほど嫌だった。

「そ……そしたら、たった一回で焔来、渡ってこなくなるし……！」

「あれは……！　おまえが嫌がったのは、御妃教育と仔育てで疲れてるせいだと思ったからだ……！　風邪気味かとも思ったし、まさかそんなことだとは夢にも思わなかったからな。少しでも休ませてやるつもりだったんだ」

その答えを聞いて、八緒は力が抜ける思いだった。

「……それだけ？」

「ああ」

八緒から気持ちが離れたから来なかったわけではなくて、ただ八緒を休ませようとして。

――だから、昼間の焔来は全然態度が変わらなかったのか。

「……八緒？」

「俺、焔来にき……嫌われたかと思って……」

ほっとしたら、また涙が零れた。まるで涙腺《るいせん》が壊れてしまったかのようだ。

自分で拒否しておきながら、焔来に嫌われたのかもしれないと思ったら、死ぬほど辛かった。

絞るように呟いた八緒を、焔来はぎゅっと抱き締めた。

「それは俺のほうだ。……がちがちに固まって俺を拒否してるおまえにふれたとき、俺がどんなに打ちのめされたと思う」

「ごめん……」

すべてが誤解とわかった今、ただあやまるしかない。

「なのに、おまえはちっとも休まないし」

「……だって、阿紫様に負けたくなかった。……って言っても、最初から全然敵わなかったんだけどさ……」

容姿は勿論、成績もだ。どんなに頑張っても追いつけなかった。

「……八緒」

焔来は八緒のミミを撫でた。快いくすぐったさに、ぴくぴくと震える。

「おまえの努力を否定する気はないが……成績がどうあれ、おまえは十分俺の妃にふさわしいと俺は思っている。御心得などに縛られて、今のままのおまえの素直さや明るさを損なって欲しくない」

「焔来……」

「外国の言葉だってだいぶ喋れるようになっただろう。完全に流暢《りゅうちょう》じゃなくても、気持ちが伝わるほうが大事だ。和歌だって習字だって同じことだ。……おまえには、それができているだろう?」

(……焔来が認めてくれてる)

それは八緒にとって、他の誰に認められるより遥かに重大で、嬉しいことだった。

これからも怠るつもりはなかったけれども、これで明日からも頑張れると八緒は思った。

焰来の背に回した腕にぎゅっと力を込め、胸に顔を埋める。

「……八緒」

「ち……ちゅーして？」

そう言って顔を上げれば、焰来の唇が噛みつくように降りてきた。

ひさしぶりのキスが嬉しくて、八緒は彼の首に腕を回して懸命に応えた。侵入してくる舌に舌を絡めれば貪るように甘噛みされ、身体の芯までぞくぞくした。この唇が、他の誰かにふれてなくて、本当によかった。

焰来の手が、襟を割って肌にふれ、八緒はぞくりと震えた。けれどもそのまま流されてしまいたい気持ちを抑え、そっと彼を制する。

「……焰来」

「まだ、嫌なのか……？」

窺うように聞いてくるのが可愛くて、さらに申し訳なかった。

首を振り、八緒は言った。

「……お風呂に入りたい」

離宮の風呂は、御湯自慢の土地柄だけあって広々として気持ちよさそうで、思わず立場も何もかも忘れてはしゃいでしまいそうなほどだった。

それでも八緒は理性を奮い起こし、焔来を風呂椅子《いす》に座らせる。ひさしぶりに焔来の身体を洗ってやれるのかと思うと、それはそれでたまらなく嬉しくなった。

神仔宮と同じ舶来の石鹸《せっけん》で髪とミミを洗って流し、しっぽを泡まみれにして根もとから先端まで丁寧に指をすべらせる。

「楽しそうだな」

つい鼻歌を歌っていて、焔来に揶揄われた。

「だってひさしぶりだし。ほんとは毎日俺がやれたらいいんだけどなあ」

「……そうだな」

焔来の小さな同意が嬉しい。煌紀や、いつか生まれるかもしれない仔どもたちもみんな育って年寄りになったら、そういう落ち着いた時間もまた持てるようになるのかもしれない。

やわらかい手拭いで背中から両手足、すべてを洗い終わる頃には焔来は勃ちかけていて、それを見て八緒もどきどきした。これを間近に見たのも何日ぶりだろうと思う。一昨日《おととい》したときは、ゆっくり見ているどころではなかった。

「え……と、じゃあ先に入ってて」

と、八緒は促した。だが、焔来は自分のかわりに八緒を椅子に座らせる。

「洗ってやる」

「ええ⁉」

「いつも煌紀を洗ってるんだ。できる」

それはそうかもしれないが……神仔宮にそんなことをさせるなんて、女院にでも知れたら雷を落とされるだろう。

だが、得意そうな焔来は可愛い。……それに八緒は、他の男にさわられた身体を、焔来の手で綺麗にして欲しかった。

焔来は八緒の後ろに膝をつき、八緒の髪とミミを洗う。今まで幾度となく洗ってやったことはあったが、逆は初めての経験だった。焔来にやわやわと頭を揉《も》まれるのはとても気持ちがよくて、酔っぱらったようにうっとりしてしまう。八緒が本当に猫だったら、きっとこんなとき喉を鳴らすのだろう。

焔来は泡を流すときも、ミミを押さえるのを忘れない。縦のものを横にすることさえしないような男だったのに、仔の父になって成長したんだなあ、と感動さえ覚える。

「ひゃあっ‼」

そんなことを考えていたときにふいにしっぽを扱かれ、八緒は悲鳴をあげてしまった。

「ももっとそうっと……っ！」

「わかった」

と言いつつ喉で笑っている焔来は、なかばわざと遊んでいるのだろう。敏感なしっぽをやわやわと撫でられると、それはそれでぞくぞくした。

「ふあ……っ」

付け根を揉まれ、腰を支えられながらてのひらで、尻から背中、首へと全身を洗われる。正直、愛撫と変わらない。

「焔来……っ、……やらしい」

「それがどうした？」

焔来は悪びれもしない。後ろから脇に差し入れた手で両乳首を撫でられ、八緒は声をあげた。

「あぁっ……こんな、ところで……」

「別にかまわないだろう？」

「あ、あ……っ」

指先で同時にころころと転がされる。乾いたまま指でされるのとも、舐められるのとも違う感触だった。

（ああ……でも）

中臣のふれたところを焔来に洗われ、浄化されていくような気持ちになる。

「……少し太ったか？」

前を洗いながら、焔来は言った。

「……やっぱり？」

いろいろあったのに、我ながら呑気《のんき》だと思う。

「痩せるよりいい」

焔来はそう言って、さらに下へ手を伸ばしてきた。

「ん……っ」

わずかに兆しはじめていた中心をてのひらに包み込む。

「ここもさわられたのか」

「……うん……っ、あ……っ！」

陰毛の部分から泡を塗りひろげるようにこすられ、八緒は声をあげた。そのまま少し乱暴に洗われる。

「あっ、ん、んっ、んん……っ」

中臣には口でされてさえほとんど何も感じなかったのに、焔来には洗われただけで気持ちよくなってしまう。不思議なほどだった。

「そこ、も、いい……っ」

「まだ終わってない」

「あっ……！」

括《くび》れから裏から、焔来はひどく執拗だ。袋から、その後ろにまで指が伸びてくる。ひくひくと震えるその襞を、焔来は泡まみれの指で一本ずつなぞるようにたどった。

「……ここは？」

「……」

八緒が答えを躊躇うと、焔来は指先を侵入させてきた。

「ひっ……！」

染みるような痛みが走った。中臣に指先を突っ込まれたときに、少し裂けていたのだろう。

「……八緒」

「ゆ……指だけ……先のほう、ちょっとだけ挿れられた……」

促され、八緒は答えた。

焔来の指が引き抜かれたかと思うと、湯をかけられ、泡を流される。そして八緒は椅子から抱き下ろされた。

檜《ひのき》の床はすっかりあたたまっていて、背中に冷たさは感じない。ぼんやりと見上げれば、焔来は八緒の脚を抱え上げた。

「焔来……？」

焔来は自分の指をたっぷりと舐めて濡らし、再び八緒の孔へ挿入してくる。そのままゆっくりと中を探った。

「ん、……あっ……」

「……切れてるな」

「はぁ……あぁ……っん」

吐息が次第に濡れてくるのが恥ずかしい。たしかに切れてはいるのだろう、ぴりぴりとした痛みはあるにもかかわらず、焔来に体内を弄《いじ》られれば、八緒はたまらなくなる。

「あ……っ」

指を引き抜かれたときには、ひどく物足りない気持ちになった。

焔来は指のかわりに、そこへ唇をつけてくる。舌先を挿入され、八緒は大きく背を撓らせた。

「あぁ……っ、あ、あぁ、だめ……っ」

かまわずに、焔来は舐め続けた。それにつれて、痛みがすうっと引いていく。焔来が癒してくれているのだとわかる。滅多に術を使わない焔来がそれを躊躇わないのは、こういうときだけなのだ。

「……焔来、……焔来……ぅん、あ、あぁ、あ……っ」

深く舌で侵され、八緒はとろとろと溶けていくようだった。もっと奥まで蕩けさせて欲しくてそこを窄めれば、ぬるりと逃げてしまう。

「あ、あん、あんん……ッ、焔来ぁ……っ」

「……傷は癒えたか」

「ん、うん、だから……っ」

八緒はこくこくと頷いた。

「欲しいか」

——俺が欲しいと言え
前にそう問われたときは、どうしても言えなかった。なのに今は唇から勝手に言葉がすべり出す。

「……欲しい……っ、焔来が欲しい」

手を伸ばすと、焔来が八緒の両脚を折り曲げ、覆い被《かぶ》さってきた。溶けきった後ろの孔に、焔来の先端があてがわれる。

「熱い……灼けちゃう……っ」

「八緒……っ」

煽るな、と焔来は言った。そのままぐっと腰を進めてくる。

「あ、あ、あぁ……！」

埋め込まれ、八緒は声をあげずにはいられなかった。灼けた杭《くい》のようなそれを、きゅうきゅうと食い締める。

「……焔来……凄い、おっきい……っ」

「ばか」

「あぁっ――！」

腰を引きつけられ、ずぶずぶと挿入ってくる。八緒の身体は勝手にそれを深く引きずり込もうとする。

「はぁ、あぁ、あぁ……っ」

「……っく」

「焔来……？」

一番奥まで収めると、焔来は動きを止めた。瞼を開ければ、生理的に滲んだ涙でぼやけた視界の中、焔来が眉を寄せていた。

「凄い……焔来……どくどくしてる……」

うっとりと八緒は呟いた。

「ばか」

「それ、三度目」

つい笑ってしまえば、体内にまで響く。焔来が上でまた小さく息を詰めた。彼のものは八緒の奥をこすり、強い快感が突き上げてくる。

「ひぁ……っ、あぁぁ……っ」

「……動くぞ」

「ん、早く……っ」

八緒は両脚を焔来の腰に巻きつけた。

（……焔来と、また抱き合えてよかった……）

と心から思う。脚に焔来のもふもふしたしっぽがふれるのが快い。それは湯を弾き、ふわりと太さをとり戻していた。八緒は自分の細長いしっぽを、焔来のしっぽに絡めた。

焔来はゆっくりと腰を遣いはじめた。なかば引き抜かれ、強弱をつけて突かれる。そのたびに八緒は声をあげた。

「あ、あぁ、そこ、いや……っ」

「その割には吸いついてきてるけどな?」

「あ……、だっ……て、あぁぁ……っ」

一番奥を突かれると、その部分が勝手に蠕動してしまう。焔来の先端の張り出した部分を食み、茎の部分まで搾ろうとする。

「き、もち、よくて……」

気持ちいい。中を満たされて、開かれて、こすり上げられて、きゅうきゅう締めつけずにはいられない。もっともっとと求めて、腰を揺らす。

「なら、いいだろう」

「だって、い、いっちゃう……っ」

焔来が喉で笑い、それがまた腹に響いて、八緒は鳴くような声をあげてしまった。

「あぁぅ……っ」

「我慢しろ」

焔来にそう言われれば、八緒は堪えるしかない。けれどもできるだけ感じないように、締めないようにしようと思うのに、八緒の内部はかえってひどくうごめきはじめるのだ。

「ああ——っ、ああっ、あ、あああ……！」

「……八緒」

焔来は激しく八緒の中をこすり上げながら、喉や首筋を痛いほど何度も吸った。そのたびに八緒の内襞はきゅんきゅん締まる。

（ああ……先生がさわったところだ）

跡を上書きしているのだと思えばなおさらだった。

やがて焔来の唇は乳首にたどり着く。

「んんっ……！」

舌先でつつかれ、噛まれて、その感触まで上書きされていく。痛みの上からまた舐られ、腰が浮き上がる。

「あああ……っ、ああっ、あんっ——」

焔来の動きが早くなっていく。彼も終わりが近いのがわかる。

「ほ……焔来、一緒に……っ」

「ああ」

唇を塞がれ、舌を深く挿し込まれた。八緒はそれを吸い上げながら、体奥で焔来を締めつける。

「ん……あああ……っ」

昇りつめたのとほとんど同時に、八緒は中に焔来のものが注ぎ込まれたのを感じて、うっとりと目を閉じた。


「はあ……」

包まれるように背中から焔来に抱かれ、肩まで湯船に浸かると、思わず吐息が漏れた。

離宮の風呂は内湯だけではなくて、岩でできた露天もあったのだ。外から覗かれることのないよう注意深くつくられたそこからは、遠く海が見渡せた。微かに東の空が明るくなっている。絶景だ。

八緒の細いしっぽがぬるりと水面から出ては水音を立てる。

「気持ちいいねえ」

「ああ」

八緒は、先っぽだけ湯から出た焔来のしっぽを一本両手で握り、弄《もてあそ》ぶ。ぐっしょりと濡れて細くなってはいても、やはりとても毛並みは豊かだ。

焔来はそれを好きにさせながら、八緒の頭に顎を乗せていた。

ちゃぷちゃぷと水音をさせながら、他愛もないことを話す。抱かれるのも好きだが、こうしてただくっついてじゃれているのも、八緒はとても好きだった。

「……だったら、しなくても一緒に寝ればよかったじゃん」

八緒を休ませるために渡らなかったという焔来に、つい八緒はそう口にしてしまう。せっかく気遣ってくれても、かえっていろいろ考えてしまうばかりで全然眠れなかったのだ。

「それは、だから……」

「だから？」

「……おまえがそうやってしっぽで遊ぶからだ」

「……これ、嫌？」

だとしたら死ぬほど残念だ。八緒は焔来のしっぽにさわるのが大好きなのに。ミミを垂れてしまう八緒に、

「……嫌じゃないが」

と、焔来は困惑気味に答える。

「……！」

そのときふと八緒は、尻のあたりにあたる硬いものに気づいた。

「焔来……」

振り向けば、焔来は目を逸らす。八緒は噴き出してしまった。

「つまり勃つからってことかぁ、あはは」

「……っ、うるさい！」

焔来はがぶりと後ろ首に噛みついてくる。痛くないわけではないのに、八緒はそれよりもきゅんきゅんと身の内の切なさを感じてしまう。

八緒を抱き締めて、焔来は言った。

「……そもそもおまえ、俺が浮気などするわけがないと思わなかったのか？」

「思った」

と、八緒は答えた。

「焔来、潔癖だし、そういうのほんとは嫌いだもんね」

「だったらなぜ」

「浮気じゃないなら、もしかして本気なのかと思ったんだ。あのひとのことを好きになっちゃって、どうしようもなかったのかもしれないって思ったら……聞けなかった」

「ばか」

焔来はおまけのようにまた噛んでくる。今度はミミの付け根のあたりだ。

「いいか、八緒。そもそも俺が浮気しないのは、潔癖だからじゃないからな」

「えっ、じゃあなんで⁉」

思いもよらない言葉に、八緒は思わず振り向いた。焔来はその後ろ首をまた噛んで、前を向かせる。

「おまえが好きだからに決まっているだろう。それは永遠に変わらない。——わかったか」

「ん、うん」

八緒はじわりと涙ぐんだ。

気持ちが変わらないかどうかなんて、誰にも誓うことはできないはずだ。でも、焔来の言葉なら信じられる気がした。

わかってなかったわけじゃない。だけど八緒には、自信がなかったのだ。

「……ごめん」

八緒は振り向いて、正面から焔来にぎゅっと抱きついた。

「……安いな、俺も」

そう呟きながら、焔来は八緒の背をぽんぽんと叩いてくれる。

「だが、ちょっと驚いた」

「何が」

「おまえでも嫉妬するんだな、と思って」

「な……っ」

しないわけがない。

阿紫や華恋の件は勿論、焔来は仔狐の頃から本当によくもてたし、誰もがきらきらした瞳で焔来のことを見つめていた。焔来への思いに自覚さえなかった頃から、八緒はいつもやきもきしていたのだ。

焔来のあまりの理解のなさに腹が立って、しっぽが倍くらいにふくらんでしまう。

そんな八緒を見て、焔来は目をまるくした。

「……凄いな、それ」

湯船の先から出た先端に伸ばしてくる焔来の手を、八緒は太くなったしっぽで思いきりはたいた。そんなことをしても、別に痛みをあたえられるほどではなく、焔来は笑うばかりだ。

そのうちには八緒も笑い出してしまった。

「こういうの、悪くないねえ」

湯の中で、焔来に頭をすり寄せる。

「次は煌紀も一緒に入りたいな」

「ああ。帰る前にもう一度入ろう」

と、焔来は言った。

「神仔宮に帰ったら、お祝いしないとな」

「……ん。そうだね」

煌紀がひと型になったお祝いのことだ。

「……大丈夫かな。こんなに早くひと型になっちゃって……」

「先例がないわけではないし、平気だとは思うが、帰ったらすぐ侍医長に診てもらうよう手配はしてある」

「うん……」

焔来の心遣いに、八緒はあたたかいものに包まれたような気持ちになる。

「ひと型の煌紀、凄い可愛いよな」

「ああ」

「ほんと、焔来そっくり」

「……まあな。おまえにもちょっとは似ていればいいものを」

八緒は笑った。八緒としては、焔来そっくりでよかったと思っているのだが。

「次はおまえに似た仔を産め」

「そうだねえ。でも俺が決められるわけじゃないからなあ」

焔来は八緒の腰を引き寄せ、ミミを甘噛みして囁《ささや》く。

「それまで何にんでも産ませてやる」

「焔来のすけべ」

八緒は笑って、焔来のしっぽに自分のしっぽをするりと絡ませた。

九尾狐家へ戻ると、八緒は焔来に連れられて、稲荷御所へ挨拶に行った。いろいろな顛末《てんまつ》はすでに使者をやって報告させてあったが、神器を借りたこともあり、直接礼を述べることが必要だったからだ。

ひと型になった煌紀を見て、

「……本当に焔来にそっくりですね」

と、女院は言った。なんでもない顔をしながら、彼女の瞳が爛々《らんらん》と輝き、しっぽがぶるぶると震えていたことを、八緒は見逃さなかった。

(女院様でも、本当に気持ちが動いたときは、しっぽも動くんだぁ……)

なんだか感動した。

(いつも厳しいけど、やっぱり焔来のことも、焔来の仔どもの煌紀のことも、大好きなんだなあ)

なんだか初めて女院と心が通じ合ったような気がした。八緒もそれは同じ気持ちだからだ。

そして女院が、

「お祝いをしなければなりませんね」

と、焔来と同じことを言ったので、噴き出しそうになってしまった。

焔来は、側室を娶る気はないとはっきりと女院に宣言してくれた。女院は、それならそれでもかまわないと言った。

「もともと阿紫は、ただの八緒の学友のようなつもりだったのです」

その科白には、八緒はミミを疑った。

「そのほうが八緒のやる気が出るのではないかと、中臣から提案されたからです。まあ実際に八緒の成績は上がったので、効果はあったとも言えるでしょうが……今思えば、そのときにはもう謀《はかりごと》ははじまっていたのでしょう」

その後、蓬川大臣から阿紫の入内を強く推され、御妃教育によって阿紫が申し分のない女性であることは証明されてしまっていたため、ともかく焔来に提示しないわけにはいかなくなった。

（……先生が……）

側室は女院が推していたわけではなく、すべて中臣側の計略だったのか。

八緒は驚かずにはいられなかったが、心が楽になった部分もあった。女院が、こんなにも早く側室を入れたいと思うほど、八緒のことが気に入らないわけではなかったのだとわかって。

「だが、阿紫殿の成績は、本当ではなかったのかもしれません」

「え……？」

「和歌や習字が得意だったのは間違いないでしょうが、科目によっては……八緒、試験の成績にくらべて、口頭で質問したときの阿紫殿の解答がはっきりしないと感じたことはありませんでしたか」

「――……そう、言われてみれば……」

たしかに曖昧《あいまい》な答えを返していることも多かった気がする。祭祀の時間を除いては、だが。

つまり試験の答えをどこかで――おそらく中臣が、書き換えていたのではないか。

女院を見上げると、彼女は頷いた。

(そうだったのか……)

ある意味、腑に落ちた、とは言えるのかもしれなかった。

蓬川大臣は謹慎を言い渡され、追って処分が決定されるという。阿紫にも、累が及ぶかどうかはともかく、御妃教育からは除籍されることになった。

だから来週からまた来るようにと言われ、八緒は焔来とともに稲荷御所を辞した。


「……え?」

そして神仔宮に戻ると、煌紀に侍医長の診察を受けさせた。

ひと型になるのが少し早かっただけで、健康上の問題はないとの結果を得てほっとしたのも束の間、ついでに診てもらった八緒に、侍医長は言った。

「ご懐妊です」

「……ご、懐妊……」

思いもしていなかっただけに、八緒は呆然とした。

「……ふたりめ……？」

「おめでとうございます」

「ほ、焔来……っ、ふたりめだって……！」

嬉しくなって焔来を見上げれば、焔来は絶句していた。

「焔来……？」

「お……おまえ、全然気がつかなかったのか……!?　二回目だろう!?」

「そうなんだけど……つわり軽いのかなあ？」

それらしい兆候といえば、部屋で気を失ったことと、食欲があまりなかったことくらいしかなかった。

へへ、と笑うと雷が落ちた。

「ちょっとは注意しろ!!　何かあったらどうする!!」

「ご、ごめん……」

実際、徹夜で勉強したり、走ったり、さらわれたり、知らなかったとはいえ考えただけでも恐ろしい。焔来が怒るのも無理はなかった。

お腹の仔に何ごともなかったことを、八緒は天に感謝した。

「まったく……、大事にしろ」

焔来は深く吐息をついた。

「うん」

「……俺も、気づかなかったんだから同罪だけどな」

「……そういえば、呑気に太ったとか言ってたよな」

「ああ……」

焔来は頭を抱えた。あれは太っていたわけではなく、腹部がわずかにまるくなっていたのだ。

そして、ふいに八緒を見下ろして微笑う。腹の仔を気遣って、そっと抱き締めてくる。

「だが、よくやった」

と囁かれ、八緒は思わずぎゅっと焔来に抱きついた。

「こんなに早くできると思わなかったね」

「そうだな」

目を見交わして、少し照れて笑う。思わずキスしそうになって、侍医長に咳払《せきばら》いで止められた。

ともかく当分のあいだは安静にするように、と注意事項をあれこれと述べ、侍医長は部屋を出ていった。

　揺りかごできょとんとしている煌紀を、八緒は抱き上げる。

「煌紀の弟か妹ができるんだよ。わかる？　弟か妹！」

「……とーと……？」

「喋った……!!」

　その言葉を聞いて、八緒は躍り上がりそうになってしまった。

「焔来、聞いた!?」

「ああ」

「俺のことは？　母さんって言ってごらん？」

　男が「母さん」でいいのかと思わないでもないけれども。

「『お母様』だろう。言ってみろ」

「……かあたま……？」

「か……可愛い……!!」

　こんなに可愛らしい生きものが他にあるだろうか。

　八緒は煌紀を抱き締めて、そのやわらかい頬に頬ずりした。膝に抱き、焔来のほうを向かせる。

「焔来のことは？　おとうさまって言えるかな？」

「……。……ほむら」

八緒がいつもそう呼ぶのを聞いて、覚えてしまったのだろうか。八緒は噴き出した。焔来は複雑な顔をしている。

「――まあ、今はそれでいい」

そして焔来は八緒の肩を抱いて言った。

「もう部屋に帰るのはやめた」

「え……？」

「部屋を分けておくのがばかばかしくなった。そもそも不便だし、他に通うところがあるわけでもない。あらぬ疑いをかけられるのも面倒だ。これからはここで、一緒に暮らす。家族なんだからな」

「……大丈夫？　稲荷御所から何か言われるんじゃない？」

「知るか。神仔宮の主は俺だ。……嫌か？」

と、焔来は覗き込んでくる。八緒が嫌だなどと思うわけがなかった。

「焔来、大好き！」

八緒は首を振り、焔来に思いきり抱きついた。

あとがき

こんにちは。「九尾狐家奥ノ記～御妃教育～」をお手にとっていただき、ありがとうございます。鈴木あみです。

今回はも大好きなふもふ第二弾です！

前回、紆余曲折の末、九尾狐王家の世継ぎである焔来に嫁いだ八緒。焔来に溺愛され、焔来と一緒に子育てをしつつ、らぶらぶもふもふしあわせに暮らしていたが、御妃として姑の教育を受けることになり……。

夫婦と仔狐あわせて、しっぽはなんと二十本……！　コウキ。先生に言われるまでその発想はなかったですが、言われてみればたしかに……!!　このもふもふ感を、読者の皆様にも一緒にお楽しみいただけたら嬉しいです。

ちなみにこの本だけでも問題なくお読みいただけると思いますが、そのあとで一冊目の「九尾狐家妃譚～仔猫の褥」を読んでいたただいた場合、もしかして若干のネタバレを感じられたらすみません。

イラストのコウキ様。今回も素晴らしいイラストをありがとうございます！　たくさんのラフを描いていただき、どれも美しくて、選ぶのが断腸の思いでした。そしてキャラフのほうももう本当に可愛くて可愛くて……！　腹巻とかケープとか、本当に身悶えました。次回もぜひよろしくお願いいたします。

なお、キャラフは今回も許可をいただいて、本の最後に掲載させていただいておりますので、読者の皆様もぜひご堪能くださいませ。

担当さんにもいつもどおり大変お世話になりました。ずるずる引っ張ってすみません。次回も頑張りますので、どうかよろしくお願いします。

ここまで読んでくださった皆様にも、心からありがとうございました。また次の本でもお目にかかれましたら、とても嬉しいです。

鈴木あみ

緑郎
家では和装
外出時は洋装
おじさま
ととさま
正座するときは外側だけうしろに広げる
○移動の時には白無垢みたいなケープをつける
(内側が緋色)
嫁入りしてからの格好
しっぽ20本家族
(白) 女モノ
男モノ スソ長め
(緋色)

もうすぐお兄ちゃん
きんのたま
・ママ似のハチワレ
見た目は白狐
・ベビー水干
（まっしろ）
金太郎ハラマキを服の下につけてそう
☆しっぽの大きさ
どの位がよいでしょうか？
体と同じくらい？

鈴木あみ先生、コウキ。先生へのお便り、
本作品に関するご意見、ご感想などは
〒101-8405
東京都千代田区三崎町2-18-11
二見書房　シャレード文庫
「九尾狐家奥ノ記～御妃教育～」係まで。

本作品は書き下ろしです

CHARADE BUNKO

九《く》尾《び》狐《こ》家《け》奥《おく》ノ《の》記《き》～御《お》妃《きさき》教《きょう》育《いく》～

【著者】鈴木《すずき》あみ

【発行所】株式会社二見書房
東京都千代田区三崎町2-18-11
電話　03(3515)2311[営業]
　　　03(3515)2314[編集]
振替　00170-4-2639
【印刷】株式会社堀内印刷所
【製本】ナショナル製本協同組合

落丁・乱丁本はお取り替えいたします。
定価は、カバーに表示してあります。

ISBN978-4-576-16080-1

http://charade.futami.co.jp/

CHARADE BUNKO

スタイリッシュ&スウィートな男たちの恋満載

鈴木あみの本

俺のウサギを 返してもらおうか

ウサギ狩り

突然動物のミミが生え、同性を惹きつける強烈なフェロモンを発する「ミミつき」になってしまった一羽は…。

イラスト＝街子マドカ

守ってあげるかわりに、その体を俺に差し出しなさい

泥棒猫

やりたい放題と噂される高慢な猫——研究員・玉斑春季はミミつきであるがゆえ常に特別な存在だったが…。

イラスト＝街子マドカ

挿れられるの、そんなに嬉しいの？

愛犬

元恋人のもとへ転がり込んだ八尋。困ってもらう対価は時価十億ともいわれるミミつきのからだで…。

イラスト＝街子マドカ